WIENER WASSER

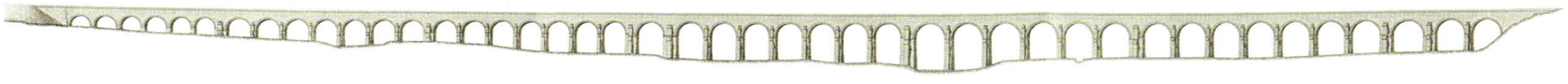

Seiler
Lammerhuber
Riha

WIENER WASSER

Bohmann

WIENER
WASSERWERKE

Die Wiener Gloriette, hoch über Schloss Schönbrunn,
sonnt sich in Gottes urgeigenstem Element. Poetische Unschärfe
im Spiegelbild des vor der Gloriette angelegten Teiches.

Wind und Licht spielen in den Sprühtulpen um den Hochstrahlbrunnen ihr Spiel. Hier am Schwarzenbergplatz wurde die I. Wiener Hochquellenwasserleitung feierlich in Betrieb genommen.

Seerosen blühen auf einem Teich im Schönbrunner Schlosspark.
Kluge Technik befördert erstklassiges Wasser in die Stadt.
Die Natur bedankt sich prächtig.

*Der Wasserturm auf dem Wienerberg. Einst gebaut,
um höher gelegene Regionen Wiens mit Trinkwasser zu versorgen,
dient er heute als Industriedenkmal und Ausstellungsraum.*

Die Barbarakapelle bei Siebenquellen im Karlgraben.

Der Schneeberg, vom Wiener Becken aus gesehen.
Der letzte gewaltige Ausläufer der Alpen speichert riesige Reserven reinen Wassers für die Millionenstadt Wien.

DER GEIST ÜBER DEM WASSER: ALLES FLIESST

NICHT NUR DER GRIECHISCHE PHILOSOPH HERAKLIT IST BEIM BETRACHTEN EINES FLUSSES AUF EWIGE GEDANKEN GEKOMMEN. Der chinesische Denker Lao-Tse schrieb: „Auf der ganzen Welt gibt es nichts Weicheres und Schwächeres als das Wasser. Und doch in der Art, wie es dem Harten zusetzt, kommt nichts ihm gleich. Es kann durch nichts verändert werden. Dass Schwaches das Starke besiegt und Weiches das Harte besiegt, weiß jedermann auf Erden, aber niemand vermag danach zu handeln."

Mein Hund Barolo wählt einen weniger sinnstiftenden Zugang. Wo Wasser, dort ein schwarzer Hovawart, und wenn er sich nach ein paar Schwimmzügen ordentlich ausgebeutelt hat, freut sich auch meine helle Hose über ein paar heftige Spritzer.

Apropos: Was wäre der beste Wein ohne Wasser? Worin würden die wunderbarsten Köche den Fisch pochieren, und woher käme überhaupt der Fisch?

Selbst wenn Sie sich lieber ein Schnitzel rausbacken und jetzt kopfschüttelnd in die Obstschale greifen, um sich was Trockenes, zum Beispiel einen Apfel, rauszufischen, müssen Sie sich belehren lassen: Wasseranteil 85,4 Prozent. Die Gurke, die Sie zum Schnitzel in den Salat schneiden, bringt es sogar auf 97,66 Prozent, und das Kalbfleisch, das Sie gerade panieren, wartet immerhin noch mit einem Wasseranteil von 78,4 Prozent auf.

Wasser ist allgegenwärtig. Es ist um uns und in uns. Kein Wunder, wenn bereits die Bibel eine ihrer Schlüsselstellen dem Wasser widmet: „Im Anfang schuf Gott Himmel und Erde; die Erde aber war wüst und wirr, Finsternis lag über der Urflut, und Gottes Geist schwebte über dem Wasser." *(Genesis 1,1–2)*

Gott persönlich mochte das Wasser. Als er seine Vertrauten losschickte, um die Menschheit zum gottgefälligen Leben zu erziehen, gab er ihnen zwar ein paar harte Fastenregeln für besondere Feiertage mit, aber auch gleich die Ausnahme von der Regel: „Liquidum non frangit ieiunium" – „Flüssiges bricht das Fasten nicht."

Gott hätte nicht die Klügsten in seine Schar aufgenommen, wenn er nicht damit einverstanden gewesen wäre, dass in den Klöstern an Fastentagen neben Wasser auch andere Getränke, selbst vergorene, kredenzt wurden – samt jenen Speisen, die sich bis dahin lebendig in „Gottes ureigenstem Element" aufgehalten hatten: Fische, Krebse, aber auch Fischotter, Biber, Reiher und Schwäne.

Die Begründung dafür hatten die geistlichen Herren übrigens von ganz oben. Gott habe nach dem Sündenfall zwar die Erde verflucht, nicht aber die Wässer (und was darin lebt), weil diese fürderhin zur heiligen Taufe dienen sollten. Ein bisschen weltlicher schätzte die Angelegenheit der französische Edelmann Michel de Montaigne ein, der die meiste Zeit seines Lebens in einem Turm verbrachte, um dort über Gott und die Welt nachzudenken. Ihm war das Wasser bloß die Überlegung wert, dass sich Reisende auf hoher See wohl deshalb so häufig erbrechen, weil ihnen die Angst vor dem Ertrinken so zusetzt.

Ganz und gar weltlich betrachtete ein anderer Franzose das Element Wasser, aus dem bekanntlich neben Feuer, Erde und Luft die ganze Welt besteht. Der königliche Staatsbeamte Antoine Laurent Lavoisier wies nach, dass Wasser aus Wasserstoff (H) und Sauerstoff (O) besteht, kam allerdings nicht mehr dazu, auch das richtige Verhältnis von H und O zu bestimmen. Er ließ wegen seiner bürgerlichen Herkunft sein Leben 1794 auf der Guillotine der Französischen Revolution. Alexander von Humboldt und Louis-Joseph Gay-Lussac komplettierten Lavoisiers Forschungen und publizierten die endgültige Formel H_2O. Demnach besteht Wasser aus zwei Teilen Wasserstoff und einem Teil Sauerstoff, ist daher eine chemische Verbindung – und kein unteilbares Element. Seither wurden über das Wasser der Erde unzählige Daten erarbeitet.

Wir wissen, dass die Gesamtwassermenge der Erde eine Fläche von 510 Millionen Quadratkilometer bedeckt und dabei ein Volumen von fast 1,4 Milliarden Kubikkilometer besitzt. Der Anteil des Süßwassers daran beträgt knapp unter drei Prozent. Wir hören, dass zwei Drittel dieses Süßwassers in der Antarktis gespeichert sind, hingegen nur 0,005 Prozent in Flussläufen. Wir wissen sogar, dass das Wasser, das sich in (uns) Lebewesen befindet, ein Volumen von 1120 Kubikkilometern verdrängt.

Zahlen, Daten, Fakten: das klingt nach Eindeutigkeit. Nur sorgen sie erst recht wieder dafür, dass uns das Wesen des Wassers immer rätselhafter wird – und die Wesen des Wassers erst recht. Damit sind übrigens nicht die Forellen, Karpfen und Seeteufel gemeint, sondern die Wassermänner, Elfen und Nixen, denen wir begegnen, sobald wir einen scheuen Blick unter die Wasseroberfläche werfen.

In diesem Buch werden Geschichten vom Wasser erzählt, vom Wasser und/in der Stadt Wien. Es sind Geschichten, die so vielfältig sind wie die Kreisläufe der Natur, rätselhaft wie die Kapriolen des Wetters, bewundernswert wie die Pläne der Ingenieure und Techniker, die gelernt haben, die Kräfte des Wassers zu zähmen, zu bündeln und zu nützen. Es sind Geschichten, die über manche Wunder Bescheid wissen, die ganz in unserer Nähe geschehen. WIR MÜSSEN NUR HINSCHAUEN.

Über dem Einzugsgebiet der I. Wiener Hochquellenwasserleitung zieht ein Wetter auf. Der Regen wird die Wasserreserven im Inneren des Berges vermehren.

Die dichten Wolken einer Westfront ziehen über der „Gans“, dem Ostausläufer des Schneebergs. Hier befindet sich das Einzugsgebiet der Stixensteiner Quellen.

DER GEIST ÜBER DEM WASSER: ALLES FLIESST

Regen. Die Urform des Wassers. Für die Menschen ein Himmelsgeschenk. Das Regenwasser versickert im Boden, um als Quelle frisch und sauber ein neues Leben zu beginnen.

Schnee. Die ruhigste, stillste Form,
in der Wasser sich zeigt. In dieser Gestalt überwintern
beträchtliche Mengen späteren Trinkwassers im Gebirge.

Virtuose Skulpturen: Eiswasserwall.

*Eis: Die Formensprache des Elements – hier:
gefrorenes Wasser auf einem Feldweg – reicht von zart-brüchig bis bizarr. Keine Eiskonstruktion auf der Welt kommt zweimal vor.*

*Kahlmauern. Raxgebiet. Der Karst wirkt wie ein Schwamm.
Im Berginneren wird das Wasser gefiltert und keimfrei gemacht.
Forschungsprogramme untersuchen dieses tägliche Wunder.*

Karstformation im Einzugsgebiet der
I. Wiener Hochquellenwasserleitung. Im porösen Kalkstein wird
das Regenwasser gefiltert und gesäubert.

Die Kläfferquelle an der Nordflanke des Hochschwabs. Wenn die sinnlich sprudelnde Quelle nach der Schneeschmelze ihre ganze Wasserkapazität ausschüttet, könnte sie allein Wiens Wasserbedarf decken.

Sinnbild des Überflusses. In den Zeiten der Schneeschmelze bahnt sich das Wasser der Kläfferquelle auf einer Breite von mehr als 150 Metern seinen Weg ans Licht unserer Welt.

Beeindruckendes Naturschauspiel. Das überschäumende Quellwasser zeigt den Wasserreichtum der Kläfferquelle. Wiens Trinkwasser wird allerdings unter der Erdoberfläche gefasst.

Die Kapazität der Kläfferquelle ist sehr unterschiedlich. In den wasserreichen Monaten fließt hier zehnmal so viel Wasser wie in den trockenen Zeiten.

Die Pracht der Kläfferquelle ist bekannt.
Sobald sie „anspringt", besuchen zahlreiche Touristen das Quellgebiet, um das Schauspiel zu genießen.

Der Brunnsee, im Hintergrund der Hochschwab.
Aus dieser malerischen Landschaft stammt
der größte Posten von Wiens Wasserversorgung.

Die Kläfferquelle im Sommer. Das sprudelnde, blubbernde, zischende Spektakel hat sich bis zur nächsten Schneeschmelze unter die Erdoberfläche verlagert.

Eine Frauenschuh-Kolonie im innersten Quellschutzgebiet bei der Fassung der Kläfferquelle. Wasserschutz garantiert auch Natur- und Artenschutz.

HOCHQUELLENWASSER: DIE GESCHICHTE

ZUERST RECHTS DAS WEINLAND VON GUMPOLDSKIRCHEN. Weiche Hänge strecken sich der Sonne entgegen, vom Anninger grüßt die Fernsehantenne. Abzweigung nach Neunkirchen. Plötzlich sind die Ausläufer der Alpen, zuerst noch Schraffierungen am Horizont, nah gekommen. Der Schneeberg hockt wie ein gewaltiger Stock in der Landschaft, weiß, kräftig, breitschultrig. Links bleibt Gloggnitz liegen. Wir durchqueren Payerbach, Zentrum der klassischen Sommerfrische. Hirschwang, von dort rechts ins Höllental.

Es hat schon einen Sinn, wenn dieses Tal heißt wie es heißt. Seine Schönheit ist dunkel. Die Luft, die aus dem Wald hinunter auf die Straße weht, ist feucht und schwer. Kein Problem, sich vorzustellen, dass dort oben hinter den schwarzen Steinen ein entkommener Höllenengel wohnt, der sich im Hinterhof des Fegefeuers so den Hintern angesengt hat, dass er zur Kühlung seit Jahrhunderten im kalten Wasser sitzt. In Kaiserbrunn geht das Tal ein bisschen auf. Hier ist die Basis. Der Ursprung.

„Rechts brauset ein Wildbach aus dem Saugraben hervor, der sich vom hohen Schneeberg herabzieht. Ein paar Hütten stehen hier." Lakonisch beschrieb der Topograph Adolf Schmidl in seinem 1839 erschienenen Buch „Wiens Umgebungen auf 20 Stunden Umkreis" nämlichen Platz, und er wäre ihm vermutlich gar keine Erwähnung wert gewesen, hätte nicht Kaiser Karl VI. auf einem ausgedehnten Jagdausflug im Jahr 1736 eine gar heftig sprudelnde Quelle entdeckt. Die Quelle bekam den schönen Namen „Kaiserbrunnen". Weiter in Schmidls Text: „Jenseits des Baches gewahrt man einen Pavillon, welcher die starke Quelle des köstlichen Kaiserbrunnens deckt. Kaiser Karl entdeckte auf einer Jagd in dieser damals fast unzugänglichen Wildnis eine Quelle, in der sein Leibarzt Heräus so treffliche Eigenschaften fand, dass der Kaiser allwöchentlich mit seinen Rossen das Wasser nach Wien bringen ließ."

Diese Idee darf ruhig als revolutionär gelten. Der Kaiser ließ eine Straße zum Kaiserbrunnen anlegen. Auf zwei Lastpferden wurden insgesamt vier Fässer, gefüllt mit Kaiserbrunnenwasser, nach Wien an den Hof gebracht. Für die knapp 90 Kilometer lange Strecke brauchten die Wasserstaffetten etwa 36 Stunden.

Und sie sind noch immer unterwegs. Der livrierte Reiter hat die schwarze Uniformjacke ausgezogen und über seine Schultern gehängt. Er wird begleitet von einem Einheimischen im Lodenmantel, der sein Binkerl auf dem Rücken trägt und einen Filzhut tief in die Stirn gezogen hat. Den beiden kommt ein Jäger entgegen, die Flinte über der Schulter und ein freundliches Wort auf den Lippen. Was er genau sagt, können wir nicht hören. Die Wasserreiter sind kunstfertig angefertigte Museumsfiguren. Sie stehen im Wasserleitungsmuseum Kaiserbrunn. Dort, im ehemaligen Haus des Wasseraufsehers, sind Versatzstücke einer technischen und sozialen Glanzleistung zu besichtigen: der Geschichte der Wiener Hochquellenwasserleitungen.

Ein Blick in den Schneealpenstollen im Originalquerschnitt; das Längenprofil beider Wasserleitungen; ein Relief von Semmering Rax, Schneeberg und Schneealpe und die geologischen Grundlagen für das Wasserleitungsprojekt; Zeugnisse der politischen Geplänkel vor dem Realisierungsbeschluss; schließlich ein paar Devotionalien für den Geologen Erhard Suess, dem Master-Mind hinter der ersten Hochquellenwasserleitung – die netteste ist wohl das Notenblatt der Polka-Mazur „Die Hochquelle“, immerhin aus der Feder von Eduard Strauß aus der gleichnamigen Dynastie.

Bereits die alten Römer, die am Ufer der Donau ihr Lager namens „Vindobona“ aufgeschlagen hatten, hatten angesichts sauberer Quellen in den Hügeln des Wienerwalds das Wasser des Flusses verschmäht und holten das frische Wasser mittels Steinkanal in die Mitte der Stadt, täglich fast 5000 Kubikmeter. Während im Mittelalter die Wasserversorgung ausschließlich durch Hausbrunnen erfolgte, dauerte der nächste Verbesserungsschritt bis ins 16. Jahrhundert. Nach dem Großbrand von 1525, der aufgrund mangelnder Wasservorräte nicht wirksam bekämpft werden konnte und ein ganzes Stadtviertel vernichtete, beschloss der Wiener Stadtrat auf Anordnung von Kaiser Ferdinand I. den Bau der „Hernalser Wasserleitung“. Dieses Projekt war nur das erste in einer ganzen Reihe von öffentlichen, Privat- und Hofwasserleitungen, die neu geschaffene Brunnen in der Stadt speisten.

Die hygienische Situation zu dieser Zeit war eine Katastrophe. Das Wien des 16. Jahrhunderts kannte noch keine Kanäle. Kein Wunder, wenn der Dreck, der einfach vor die Tür geleert wurde, versickerte und dem Grundwasser zusetzte. Für die Krankheiten, die der Zustand des Wiener Wassers mit sich brachte, wurden bis zur Mitte des 18. Jahrhunderts Brunnengeister, Basilisken und Hexen verantwortlich gemacht.

Mit reinem Wasser ließen sich also gute Geschäfte machen. Im damaligen Wien ordinierten während langer Jahre zahlreiche Wassermänner, deren Pferdewagen Fässer mit frischem, sauberem Wasser zu den Leuten transportierten, angekündigt von den ihnen vorauseilenden, schreihälsigen Wasserbuben. Flankierend spezialisierten sich sogenannte „Wasserweiber“ darauf, das Wasser in Butten zu den Menschen in die Häuser zu tragen. Je höher die Wohnung, desto höher der Preis. Wien wuchs. Die inzwischen vorgenommene Kanalisierung wirkte wie eine Drainage und entzog den Saugkanälen das Wasser. Die inzwischen gepflasterten Straßen förderten das Sinken

Livrierte Wasserreiter versorgten Kaiser Karl VI. mit Wasser aus dem Kaiserbrunnen. Dieser Reiter dient seinem Kaiser noch immer – im Kaiserbrunner Wasserleitungsmuseum.

des Grundwasserspiegels, weil sie das Regenwasser schneller ablaufen ließen. Die Leistung der etwa 10.000 Schöpfbrunnen ließ nach. Wasser wurde knapp. Die Stadt stand vor einem Problem. Man brauchte eine Idee.

Professor Eduard Suess, geboren 1831, Studium der Geologie und Paläontologie, besaß eine hohe Stirn und einen durchaus üppigen Vollbart. Seine Unterlippe beschrieb um die Mundwinkel einen deutlichen Abwärtsschwung. Er war ein Mann von großer Ernsthaftigkeit. Suess sortierte die Fakten: In Wien starben Mitte des 19. Jahrhunderts tausende Menschen an Cholera und Typhus. Grund: mangelhafte Versorgung durch trinkbares Wasser. Der Herr Professor hatte politisches Gespür. Er ließ sich, knapp 30, in die Wasserversorgungskommission des Wiener Gemeinderats bestellen. Dort, in der Nähe der Macht, konnte er etwas bewirken.

Wien suchte per Ausschreibung nach Ideen. Verschiedene Projekte wurden geprüft. Sollte Wasser der Fischa-Dagnitz-Quellen nach Wien gepumpt werden? Zu schwierig. Die Reserven der Alta-Quellen bei Pitten angezapft? Zu wenig Wasser. Das Grundwasser bei Urschendorf? Versiegte, als man es probierte.

Suess hatte bei seinen Überlegungen das Votum der Gesellschaft Wiener Ärzte im Ohr, die sich eindeutig für das Wasser des Kaiserbrunnens stark gemacht hatten: „Es sei dem Gemeinderate bekannt zu geben, dass die Gesellschaft der Ärzte nur durch die Hereinleitung der Quellen von Stixenstein, des Kaiserbrunnens und der Alta die Aufgabe der Wasserversorgung Wiens mit geeignetem Wasser als glücklich gelöst erkennen könne." Suess schloss sich dieser Meinung an – und verwarf 55 andere Projekte für Wiens Wasserversorgung, die ebenfalls eingereicht worden waren. Als er 1864 Wiens Bürgermeister Andreas Zelinka seinen Bericht präsentierte, in dem er dafür votierte, Wiens Wasser aus dem mehr als hundert Kilometer entfernten Rax-Schneeberg-Gebiet herantransportieren zu lassen, antwortete dieser skeptisch: „Suess, Sie sind ein Narr." Am 12. Juli 1864, nach einer sechsstündigen Sitzung des Gemeinderats, wurde die „Vereinigung und Herbeileitung dieser Quellen (Kaiserbrunn, Stixenstein und Alta)" beschlossen. Am 19. Juni 1866 entschied sich der Wiener Gemeinderat für den Bau der „Kaiser Franz Josef Hochquellenwasserleitung".

Wiener Veteranen regten sich darüber auf, dass ein Haufen Geld für etwas Neues ausgegeben würde, dessen Sinn sich keinem richtigen Mannsbild erschloss. Alt-Bezirksvorsteher Konrad Ley brachte es auf den Punkt: „Wir Alten haben nur die Donau gehabt, und was sind wir für Kerle geworden, und jetzt sollen wir Millionen hinauswerfen..." Zahlreiche Wissenschafter erhoben Einspruch, zum Teil mit verschrobenen Behauptungen. Ein Chemiker wies in einem Vortrag auf die Gefahr hin, dass sich das Wasser in einer so langen Leitung durch die Reibung so sehr erwärmen werde, dass es untrinkbar in Wien ankomme. Ernsthaft gefährlich wurde dem Bauvorhaben allerdings nur die Bürokratie. Zuerst musste die Stadt Wien in Besitz der Quellen kommen.

Graf Hoyos-Prinzenstein überließ der Stadt Wien die Stixensteiner Quellen. Der Kaiser ließ sich auch nicht lange bitten. Bereits bei den Feierlichkeiten zur Eröffnung der Wiener Ringstraße am 1. Mai 1865 ließ er wissen: „Um eine der wichtigsten Unternehmungen der Gemeinde ihrer baldigen Lösung zuzuführen, hab Ich die Anordnung getroffen, daß der Gemeinde zur Durchführung der Wasserversorgung der Kaiserbrunnen unentgeltlich überlassen werde, und Ich hoffe, daß hiemit diese Angelegenheit bald und glücklich zum Abschluß gebracht werden wird."

Leider falsch. Der Kaiser hatte nicht mit der Widerspenstigkeit des Finanzministeriums gerechnet. Dieses ließ den Schenkungsakt zuerst zwei Jahre liegen, bevor es der Stadt einen Vertragsentwurf präsentierte, in dem unzumutbare Bedingungen gestellt wurden. Der Bürgermeister wehrte sich mit Protesteingaben an Kaiser, Reichskanzler, Kriegs-, Justiz- und Finanzminister und blieb hartnäckig. Zu nah schien die Lösung von Wiens Wasserproblem, als dass sie von ein paar widerspenstigen Beamten verhindert werden durfte. Trotzdem bedurfte es eines weiteren kaiserlichen Machtworts, bis schließlich am 6. Mai 1868 der Kaiserbrunnen in den Besitz der Stadt Wien überging.

Den Wettbewerb um die Ausführung der Bauarbeiten gewann der Bauunternehmer der Englischen Admiralität in London, Antonio Gabrielli. Sein Angebot, die erste Wiener Hochquellenwasserleitung für 16 Millionen Gulden zu bauen, war nicht nur um eine Million billiger als das Angebot des zweitbesten Bieters. Gabrielli verpflichtete sich außerdem, für die Summe von 100.000 Gulden aus eigener Tasche einen monumentalen Brunnen in der Stadt Wien zu errichten.

Rund um den neuen Hochstrahlbrunnen standen im Abstand von etwa acht Metern neu errichtete Fahnenstangen, auf denen auf halber Höhe abwechselnd der Doppeladler, das Wappen der Stadt Wien und des Landes Niederösterreich befestigt waren. Schwarz-gelbe Fahnen flatterten für den Kaiser, rot-weiße für die Stadt, blau-gelbe für das Land. Das Wetter: prächtig. Die k.u.k. Blasmusik war aufmarschiert, auf der Ehrentribüne hatten sich die Honoratioren des Hofes und des Gemeinderats eingefunden. Ein wenig abseits standen im besten Gewand die Herren der Bauleitung und des technischen Personals. Dies war ihre große Stunde. Freitag, 24. Oktober 1873, halb zwölf Uhr vormittags.

Wiener Hochquellen-Wasserleitung.

I. Abtheilung.

THALÜBE

Be

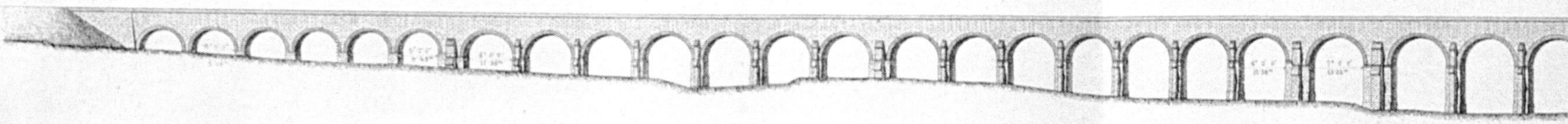

Bei

Bei Mödling.

Bei

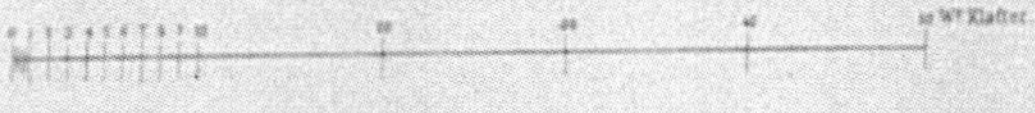

Querschnitt.

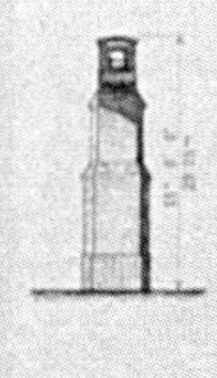

Kaltengang.

TZUNGEN.

len.

sing.

sing.

Bei Mauer.

Querschnitt.

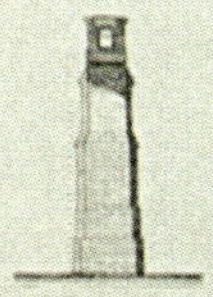

Hochwasser-Objekt.

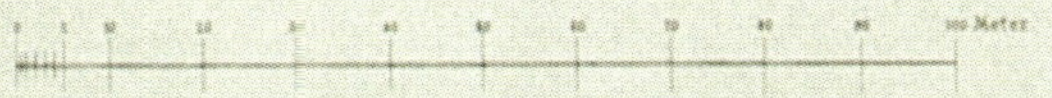

Programmpunkt 1: Es „werden Seine k. u. k. apost. Majestät beim Hochstrahlbrunnen in der Gartenanlage vor dem Schwarzenberg-Palais nächst der Schwarzenbergbrücke die feierliche Eröffnung der Wiener Hochquellen-Wasserleitung vorzunehmen geruhen." Auch wenn heute kein Feiertag war, hatten sich viele tausend Zuschauer versammelt und delektierten sich am feierlichen Bunt der Szene. Die geladenen Gäste strafften den Körper. Majestät traf ein. Die Blasmusik intonierte die Volkshymne. Kaiser Franz Josef begrüßte die Anwesenden feierlich. Bürgermeister Cajetan Felder hielt eine kurze Ansprache, in der er auf die Bedeutung frischen Wassers für seine Stadt und ihre Bewohner hinwies, die technische Glanzleistung der Ingenieure pries und bat, auch den Arbeitseifer der beim Bau der Wasserleitung beschäftigten Bauarbeiter nicht gering zu schätzen. Dann gab er Oberingenieur Carl Mihatsch den verabredeten Wink, die Hochquellenwasserleitung zu öffnen und den neuen Hochstrahlbrunnen, Metapher für das Gelingen des Pionierunternehmens, in Betrieb zu nehmen. Mihatsch drehte den Wasserwechsel. Nichts geschah.
Der Bürgermeister winkte noch einmal, schon um eine Spur ungeduldiger. Majestät schaute verdutzt. Mihatsch drehte erneut am Wasserwechsel. Kruzitürken, warum tut sich denn da nix?
Er spürte, wie ihm das Blut in den Kopf schoss und überschlug die Möglichkeiten: Entweder es gelang ihm jetzt augenblicklich, den Springbrunnen in Betrieb zu nehmen, oder er konnte sich nicht nur das für heute Abend angesetzte Galadiner aus dem Kopf schlagen, weil dem Herrn Bürgermeister vor den Augen seiner Majestät einen trockenen Brunnen vorzuführen, war mit Sicherheit nicht karrierefördernd.
Mihatsch atmete tief ein und warf einen verzweifelt verzagten Blick in Richtung seines Chefs, des Professor Suess, und blieb an dessen weit aufgerissenen Augen hängen. Was wollte ihm der Professor da bedeuten? Er solle den Wechsel in die andere Richtung drehen? Mihatsch drehte in die andere Richtung. Wenn der Professor ihm gesagt hätte, er möge sich auf den Kopf stellen, hätte er sich auf den Kopf gestellt.
Noch immer Stille. Mihatsch hörte nur das Rauschen des eigenen Blutes. Er schloss die Augen und gab sich der Peinlichkeit hin, am wichtigsten Tag seiner Karriere alles falsch gemacht zu haben. Tausende Menschen starrten auf ihn, und er versagte.
Da hörte er das Sprudeln in der Steigrohröffnung. Dann hörte er nichts mehr, denn die Tausendschaften begannen mit gespitzten Mündern Geräusche abzusondern, sie riefen „ooooh" und „uuuuh", und niemand mehr schaute Mihatsch an, sondern den Strahl des Brunnens, der vierzig, fünfzig Meter zur Sonne hoch aufstieg, dabei einen

Nebel aus Dunst erzeugte, in dem ein wunderbarer Regenbogen zu seiner und zur Ehre des Kaisers ein Pfauenrad schlug. Ins Protokoll kam übrigens lediglich, dass die Verzögerung bei Inbetriebnahme des Hochstrahls „in der großen Aufregung begründet" war. Die Blasmusik intonierte die Volkshymne.
Die Quelle im Kaiserbrunnen macht einen Mordstrumm-Wirbel. Eine kleine Brücke führt zum Felsspalt, wo sich das Wasser des Schneebergs sammelt, dort heißt es Kopf einziehen, tief einatmen. Es riecht nach sauber, nach kalt, nach frisch. Das Licht, das tief zwischen den Steinen befestigt wurde, lässt das Wasser smaragdgrün aussehen.
Es ist frisches Wasser, 6,5 Grad kalt. Es sickerte durch den Karst des Schneebergs, der wie ein Schwamm wirkt, hinunter auf das Schieferfundament und hat geraume Zeit im Inneren des Berges verbracht. Nach sechzig Tagen unter der Erdoberfläche ist es keimfrei.
An dieser Stelle beginnt, 89,3 Kilometer lang, die Leitung nach Wien Rosenhügel. Eine reine Gravitationsleitung. Ihr Wasser rinnt wie in einem Flussbett von Seehöhe 521 Meter nach Seehöhe 245 Meter, Gefälle zwischen Kaiserbrunn und Rosenhügel 276 Meter. Eine Zuleitung von 15,7 Kilometer Länge liefert zusätzlich das Wasser der Quellen beim Großen Höllental, jenes der Fuchspaßquelle, der Reißtalquelle, der Wasseralmquelle und der kleinen Quellen in Naßwald. Eine zweite, 6,8 Kilometer lang, fungiert als Zuleitung der Stixensteiner Quelle.
Das Stammaquädukt der Hochquellenwasserleitung führt über Hirschwang, Reichenau, Payerbach, Gloggnitz, Pottschach, Ternitz nach Neunkirchen. Von dort folgt die Trasse dem westlichen Rand des Steinfelds, vorbei an St. Egyden nach Brunn an der Schneebergbahn, schlägt einen Bogen um Steinabrückl, folgt dem Rand der Wienerwaldberge über Matzendorf, Leobersdorf, Bad Vöslau, Baden, Gumpoldskirchen, Mödling, Rodaun und Mauer zum Rosenhügel.
Die Wasserleitung ist zwei Meter hoch und 1,60 Meter breit. Sie überquert zehn Aquädukte, besteht aus Ziegeln oder aus Bruchstein und ist dort, wo sie Wasser führt, mit geglättetem Portlandverputz ausgekleidet. Das Wasser braucht insgesamt 24 Stunden, um von Kaiserbrunn nach Wien zu gelangen. Es ist also immerhin um zwölf Stunden schneller als seinerzeit Kaiser Karls livrierte Wasserreiter.
Das Reservoir am Rosenhügel gelegen, Zielpunkt sämtlichen Wassers der I. Wiener Hochquellenwasserleitung, ist ein fast sakraler Ort. Ein weiß gestrichenes Gewölbe auf Granitpfeilern überdacht eine Fläche von 34.000 Quadratmetern, unter der in sechs Abteilungen, auf einer Sohle aus Portlandzement, Beton und Portlandzement-

HOCHSTRAHL-BRUNNEN

vor dem Fürst Schwarzenberg'schen Palais.

Vertikal-Schnitt durch den Haupt-Zuleitungs-Canal A B.

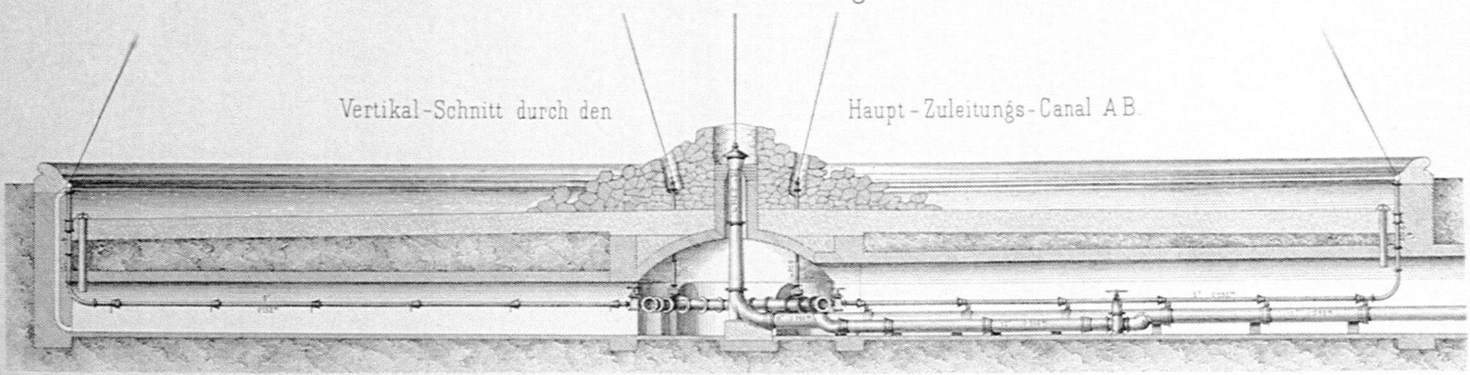

Innere Lichte des Bassins 120 Fuſs = 37·930 Meter.

Grundriss und Schnitt durch die Leitungs-Canäle der Rohre.

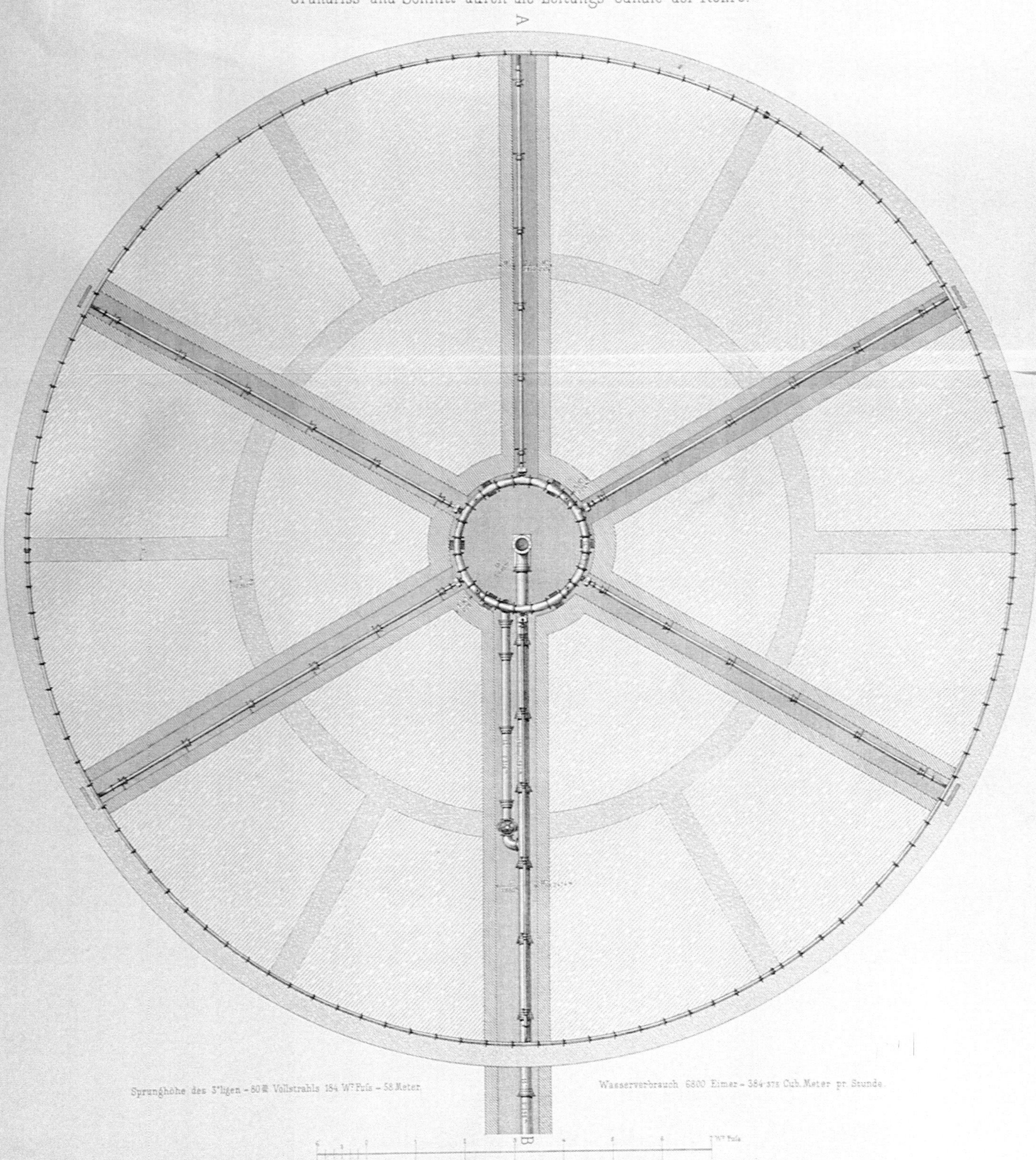

Sprunghöhe des 3"ligen = 80mm Vollstrahls 184 Wr. Fuſs = 58 Meter.

Wasserverbrauch 6800 Eimer = 384·373 Cub. Meter pr. Stunde.

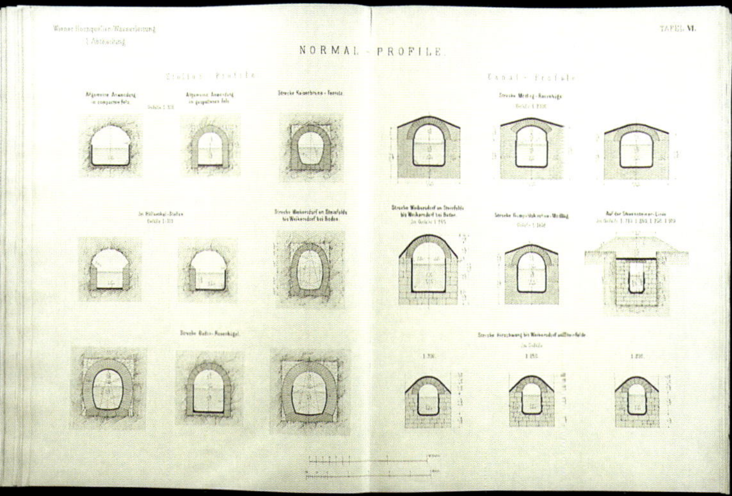

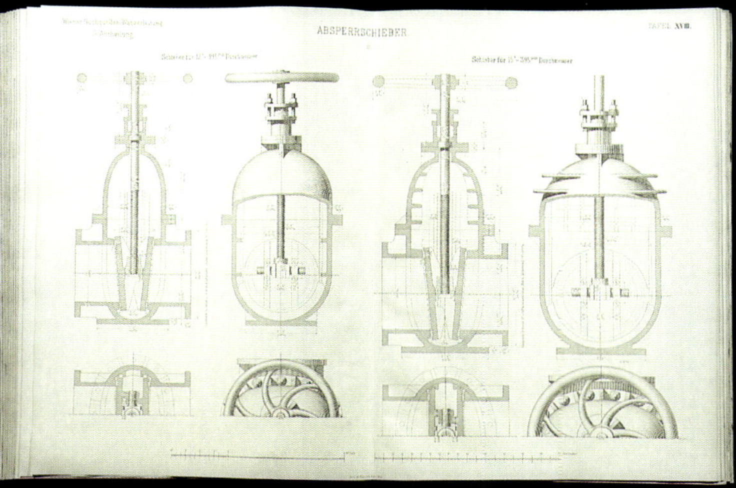

Die technischen Anforderungen an das Projekt Hochquellenwasserleitung waren enorm. Hier Skizzen von Leitungsprofilen, Armaturen und Aquäduktpfeilern. Links der Plan des Wiener Hochstrahlbrunnens.

schliff, fast fünf Meter hoch bis zu 149.470 Kubikmeter Wasser schlummern, fließen, glucksen. Dieses Hauptreservoir speist weitere Wasserbehälter, auf der Schmelz, dem Wiener- und dem Laaerberg. Von dort fließt das Wasser schließlich weiter, zu uns, nach Hause.

Die Ergiebigkeit der Kaiserbrunner und Stixensteiner Quellen war überschätzt worden. Die Wassermengen schwankten erheblich und fielen vor allem in den Wintermonaten weit unter das errechnete Minimum von 65.000 Kubikmetern täglich.

In der Not wurden alte, bereits zu Nutzwasser erklärte Quellen wieder geöffnet und ins Wassernetz eingespeist, sodass die hygienische Revolution, die mit der Öffnung der Hochquellenwasserleitung einhergegangen war, gefährliche Rückschläge erlitt. Seit 1873 hatten die Fälle von Bauchtyphus, woran zu dieser Zeit mehr als 1,7 Promille der Wiener gestorben waren, schlagartig abgenommen. Als die Kaiser Ferdinand-Quelle Ende 1876 wegen heftiger Wassernot wieder als Trinkwasserquelle freigegeben wurde, kam es sofort wieder zu einem starken Ansteigen an Bauchtyphus-Fällen. Wiens Politik realisierte, dass eine Hochquellenwasserleitung nicht reichen würde. Die Stadt wuchs, die Vorstädte wurden eingemeindet, die Bevölkerungsziffer schnalzte dramatisch nach oben. Der Gemeinderat schickte Experten aus, die neue, zu erschließende Quellgebiete prüfen sollten. Diese examinierten das Marchfeld, die Kritzendorfer Au und auch das Tullnerfeld, schweiften aber, als die Bohrungen in der Nähe keine befriedigenden Erfolge zeitigten, immer weiter in die Ferne. Sahen sich das Einzugsgebiet der Traisen, Erlauf und Ybbs an, erwogen Quellen in der Ebene von Admont, im Gesäuse, am Fuß des Großen Priel bei Windischgarsten – und im steirischen Salzagebiet.

Dass sich die Experten für die Quellen der Salza entscheiden sollten, hatte mehrere Gründe. Das Volumen – mehrjährige Winterbeobachtungen zeigten eine Mindestmenge von 177.000 Kubikmeter täglich – war ausreichend, die Qualität des Wassers so gut wie im Kaiserbrunnen, und die wasserrechtlichen Verhältnisse schienen nicht so kompliziert wie andernorts.

Der Mann an der Spitze der Wiener Administration, der sich für die nachhaltige Lösung des Wiener Wasserproblems durch den Bau der zweiten Hochquellenwasserleitung stark machte, hieß Karl Lueger. Der Mann, dessen antisemitische Politik den jungen Adolf Hitler prägen sollte, machte sich gleich nach Amtsantritt 1897 daran, die Wasserversorgung zu perfektionieren.

Am 21. März 1900 fällte der Gemeinderat unter Luegers Vorsitz den Entschluss, „zur Ergänzung der Wasserversorgung Wiens eine zweite Hochquellenleitung unter Einbeziehung der im Salzagebiete liegenden und eventuell auch noch anderer, auf der definitiv festzustellenden Trasse dieser Leitung befindlicher Quellen, zu bauen."

Im August wurde in Wildalpen der Grundstein gelegt. Insgesamt 220 Festgäste aus Wien ließen es sich nicht nehmen, bei dem von Erzherzog Ferdinand Karl präsidierten Festakt anwesend zu sein. Der Stundenplan der Strapazen, die Wiens Honoratioren am 10. und 11. August 1900 auf sich zu nehmen bereit waren, wurde auf feines Büttenpapier gedruckt:

Um 8 Uhr 20 haben sich die Teilnehmer an der Reise am Westbahnhof zu versammeln. Um 8 Uhr 40 geht der Zug – ein „Seperatzug", wie der Sonderzug im Jahr 1900 hieß. Um 1 Uhr Nachmittag Ankunft in Kernhof, samt Mittagessen in Schreiner's Bahnhof-Restauration. Um 3 Uhr mit Wagen nach Mariazell, um 5 eine Pause in der Terz, um 7 Uhr 30 schließlich Ankunft und Besuch in der „elektrisch beleuchteten Gnadenkirche". Anschließend Vesper in Goldener Krone, Kreuz und Löwen.

Tags darauf wird es anstrengend: Weil: *4 Uhr 30 Frühstück in obigen Hotels. 5 Uhr Abfahrt nach Weichselboden, dort Gabelfrühstück in Toni's Hotel Post und Schützenauer's Gasthaus in der „Hölle". 9 Uhr Abfahrt nach Wildalpen, wo sich die Festgäste „sofort zum Festplatze auf die Poschenhöhe" zu begeben haben. Um halb 12 Vormittag schließlich die „Feierliche Grundsteinlegung" für die zweite Wiener Hochquellenwasserleitung, mit anschließendem Diner in Zisler's Hotel. Um 5 neuerlicher Aufbruch, nach Grois-Reifling mit dem Wagen, dort Abendessen in Baumann's Gasthaus beim Bahnhof. Um 11 fährt der Seperatzug. Um 5 Uhr 45 ist die Gesellschaft wieder in Wien.*

Wie es der Teufel allerdings wollte, regnete es ununterbrochen, was die Kommentatoren bei den Wiener Zeitungen zur höflichen Bemerkung veranlasste, jetzt hätten die Honoratioren das steirische Wasser wenigstens innen und außen kennen gelernt.

Die Quellen der zweiten Hochquellenwasserleitung liegen am linken Ufer der Salza, am Nordabhang des Zeller Staritzen-Hochschwabzuges. Das Massiv gehört zur alpinen Trias, deren oberste Schicht aus porösen, zerklüfteten Dolomitenkalken besteht, durch die Regen und Schmelzwasser leicht eindringen können. Darunter liegen Gutensteiner und Reiflinger Kalke, auf denen sich die Wassermengen stauen.

Die Basis des Massivs besteht schließlich aus abschüssig liegenden, grünen Werfener Schiefern, auf denen das Wasser einerseits am Versickern gehindert und andererseits fast vollumfänglich nach Norden umgelenkt wird. Die meisten Niederschläge, die auf die Südabdachung fallen, kommen dadurch an geeigneten Stellen des Nordens wieder ans Tageslicht.

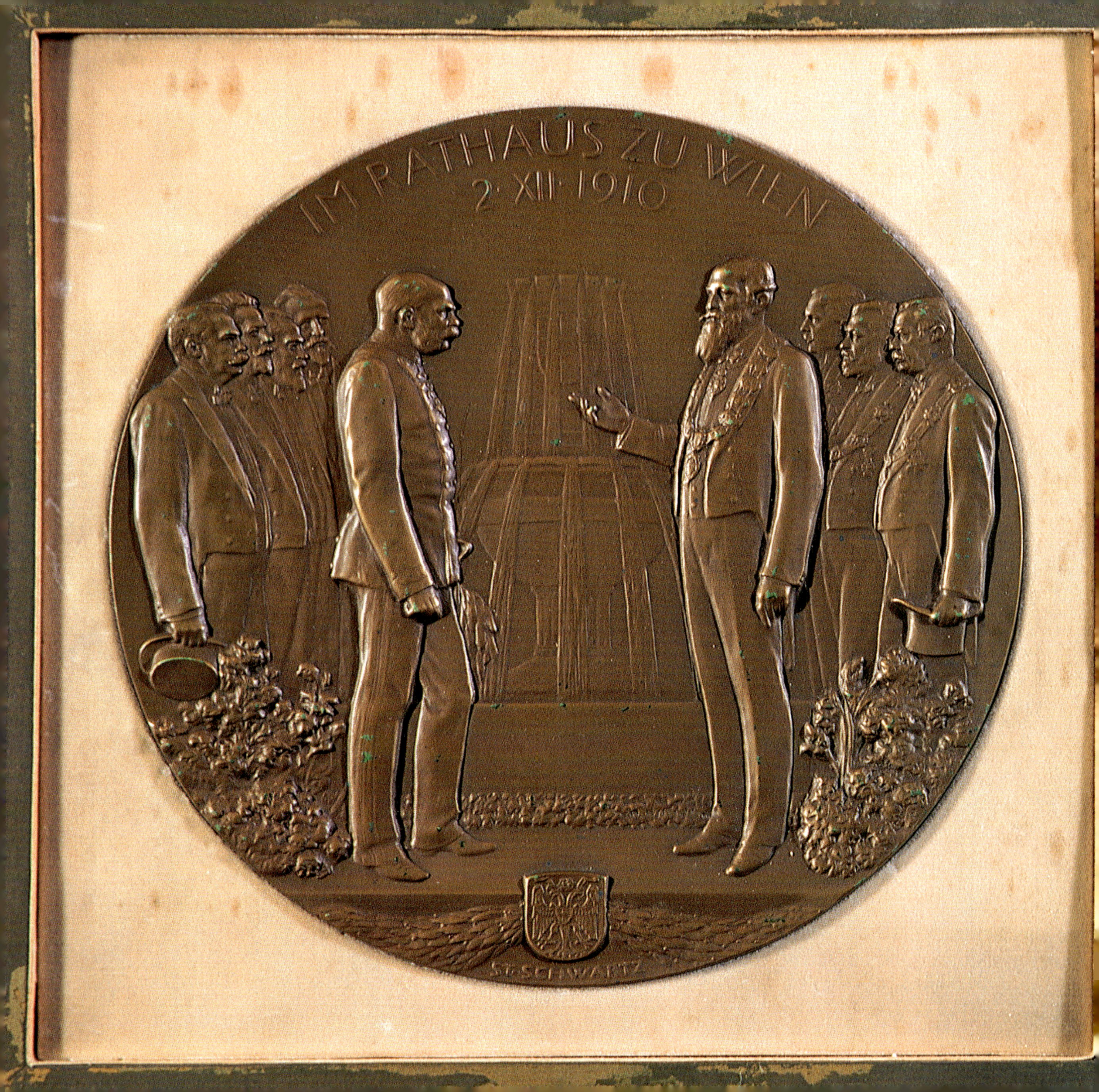
IM RATHAUS ZU WIEN
2·XII·1910
ST. SCHWARTZ

ERÖFFNUNG DER II. FRANZ JOSEFS HOCHQUELLENLEITUNG
ST. SCHWARTZ

70 Meter über der Salza speit der Berg Wasser. Bemooste Felsen, das eine oder andere Bäumchen versucht, vor den Fluten die Flucht Richtung Himmel zu ergreifen, hunderte kleine Wässerchen, die aus Ritzen und Schotterstellen auf den Hang hinausfließen, trennen, vereinen, trennen sich, und das Konzert des Wassers schwillt an zur rauschenden Symphonie. Im Berg das Grollen. Hier, am Fuß der Kläffermauer unterhalb des Tremmelgrabens, wird das Wasser der Kläfferquelle gefasst.
Die Kläfferquelle kann, wenn sie zu Zeiten der Schneeschmelze oder nach heftigen Niederschlägen bei Laune ist, die gewaltige Menge von 600.000 Kubikmeter Wasser pro Tag Richtung Wien auf die Reise schicken. Das würde den Tagesbedarf mehr als reichlich decken. Beizeiten aber sinkt ihr Output auch auf weniger als ein Zehntel. Sie ist eine Diva. Sie ist die schönste Quelle, deren Wasser Wien trinken darf, aber auch launisch, und manchmal mag sie nicht.
Die zweite Hochquellenwasserleitung, zwischen Wildalpen und Wien 192 Kilometer lang, ist wie die erste eine Gravitationsleitung. Zweigleitungen von 22 Kilometern fassen das Wasser der Brunngraben-, Siebensee-, Scheyrerklamm- und Säusensteinquelle. Die Hauptleitung führt bis Weichselboden am linken Ufer der Salza entlang, fährt als Lehnenstollen durch die Frohnleiten an der Prescenyklause vorbei und unter dem Tremmelgraben durch, nimmt die Kläfferquelle auf und macht sich von dort auf den Weg nach Wien. Die Trasse führt über Wildalpen, Lunz am See, Scheibbs, Wilhelmsburg, Pyhra, Auern, Neulengbach, Eichgraben und Pressbaum nach Mauer. Das Gelände ist schwierig, deutlich schwieriger als bei Hochquellenwasserleitung eins. Es bedurfte nicht nur zahlreicher Aquädukte (exakt 100 Stück) – deren Gewölbe übrigens so harmonisch aus Naturstein gestaltet wurden, dass österreichische Landschaftsmaler wie Rudolf Alt ihre helle Freude daran hatten – sondern auch zahlreicher Rohrsiphone, die auf dem Prinzip kommunzierender Gefäße funktionieren und dazu dienen, Täler ohne die Errichtung kostspieliger Brücken überwinden zu können. So wurden konkret 19 Gussrohrleitungen, bis zu 2500 Meter lang, auf der Trasse der zweiten Hochquellenwasserleitung eingesetzt. Zahlreiche Stollen – Lehnen- und Wasserscheidestollen – mussten gebohrt werden. Ihr längster ist der 5370 Meter lange Durchstich durch die Göstlinger Alpe.
Die Techniker standen vor neuen, heiklen Aufgaben. Der heftige, bis zu neun Bar hohe Druck in den Gussrohrleitungen erforderte Raffinesse: Wo die Leitung knickte oder abbog, mussten mächtige Betonvorrichtungen errichtet werden, die der Gewalt des Wassers standhalten konnten.

Insgesamt waren zur Hauptbauzeit mehr als 10.000 Arbeiter täglich mit dem Bau der Leitung beschäftigt. Der ungeheure Aufwand ist heute kaum mehr ersichtlich. Hie und da stößt der Wanderer auf ein Wasserschloss, eine Prüfstation oder den Einstieg in einen Stollen. Dass die alte Monarchie hier eines der ehrgeizigsten Bauvorhaben verwirklichte, ist den unscheinbaren Zweckbauten wahrlich nicht anzusehen. In der Nähe größerer Flüsse wurden Ablassschleusen errichtet, damit die Wasserleitung für Wartung, Reinigung und Kontrollen entleert werden kann.
Die Kapazität der Leitung lohnt den Aufwand jedenfalls: Hochquellenwasserleitung zwei, Leitungsquerschnitt zwischen 1 Meter 16 und 1 Meter 92 in der Breite, zwischen 1 Meter 58 und 2 Meter 08 in der Höhe, liefert täglich 234 Millionen Liter Wasser nach Wien. Fließzeit von der Quelle bis ins Reservoir: 36 Stunden. Durchschnittliches Normalgefälle: 0,22 Promille. Wassergeschwindigkeit: 0,91 Meter/Sek.
Zu feiern verstanden die Wiener auch ihre zweite Leitung. Rathauskellerwirt und „königlich rumänischer Hoflieferant" Josef Dombacher stellte für das Festmahl anlässlich der „Eröffnung der II. Kaiser Franz Josef-Hochquellenwasserleitung" am 3. Dezember 1910 im Wiener Rathaus folgendes Menü zusammen:

Grüne Erbsenmussuppe

Pastetchen m. Gansleberpüree
Rheinlachs mit Tatarentunke

Gedämpfter Lungenbraten mit Griesnudeln
und Schweizer Kartoffeln

Römischer Punsch
Französischer Salat
Dunstobst
Ausgezogener Apfelstrudel
Früchteeis in Form

Käse

Bäckerei

Kaffee

Dazu wurden Loibner Riesling, Jahrgang 1908, Vöslauer Burgunder und Gumpoldskirchner Kaiserwein gereicht.

Der Pokal, aus dem Kaiser Franz Josef den ersten Schluck Hochquellenwasser nahm.

Der Kaiser nahm freilich einen feierlichen Schluck Hochquellenwasser. Anschließend, damit es dem Abend nicht an Pathos mangle, der Vortrag der von Hermann Hango eigens für diesen Anlass geschriebenen Hymne:

„Über der Erde
Steh'n Himmelsgewalten;
Was Menschen erbauen –
Daß es ein Großes werde
Und edel erhalten:
Sie glauben und trauen auf Himmelsgewalten!

Fluten aus Wolkensäumen
Und Erdentiefen
Die in der Wildnis Träumen,
Ruhende Geister, schliefen –
Stürzen von Felsensteile,
Eilen mit Wogeneile
Wirken dem Menschenheile.

Himmelsgewalten
Können erhalten;
Willigem Schalten
Der Menschenhand
Leihen sie Stärke
Treulichem Werke
Heil und Bestand!"

Aktuelle Fakten: Im Jahr 2001 verbrauchten Wiens Bürger täglich 394.363 Kubikmeter Wasser. Davon liefert die I. Hochquellenwasserleitung 43,18 Prozent und die II. Hochquellenwasserleitung 50,59 Prozent. Die restlichen sechs Prozent setzen sich aus „Grund- und Oberflächenwässern" aus Wiens Grundwasserwerken zusammen, freilich nur bei Spitzenbelastungen.
Dass die 100.378 Häuser, die von den Wiener Wasserwerken beliefert werden, fast zur Gänze Hochquellenwasser bekommen, beruht auf einer Fehlannahme. Als die

Wasserwerk-Chef Hans Sailer über historischen Plänen Wiens in der Österreichischen Nationalbibliothek.

II. Hochquellenwasserleitung entstand, ging man für das Jahr 1940 davon aus, dass die bis dahin auf drei Millionen Menschen angewachsene Bevölkerung Wiens einen Pro-Kopf-Bedarf von 120 Litern täglich entwickeln würde. Tatsächlich stiegen die Bevölkerungszahlen wesentlich langsamer, während sich der Wasserverbrauch sprunghaft steigerte. 1960 lebten in Wien 1,6 Millionen Menschen, die – Badezimmer und Waschmaschinen für fast alle – 250 Liter Tagesbedarf für sich reklamierten.

Dem gesteigerten Bedarf musste laufend im Quellschutzgebiet Rechnung getragen werden. Nach dem Zweiten Weltkrieg erschloss man neue Quellen in den Grundwasserfeldern und Quellenschutzforsten, fasste bestehende Quellen verbessert nach und generierte durch Verbundwirtschaft mit Gemeinden an Leitung I 130.000 zusätzliche Kubikmeter Wasser für die Bundeshauptstadt.

Gleichzeitig errichtete die Stadt Wien Reservereservoirs. Das größte steht in der Gemeinde Neusiedl am Steinfeld, Fassungsvermögen 600.000 Kubikmeter, mehr als ein Wiener Tagesbedarf. Mit den 33 anderen Speichern beträgt der Wasservorrat für jeden der momentan etwa 1,4 Millionen Wiener gut 1000 Liter.

Die Suche nach hochqualitativem Wasser geht nach wie vor weiter. Weil im Rax- und Schneeberggebiet keine ergiebigen Quellen mehr zur Verfügung stehen, entschied man Ende der sechziger Jahre die Siebenquellen im Karlgraben, in der Gemeinde Neuberg/Mürz, in Leitung I einzuspeisen. Ein zehn Kilometer langer Tunnel, der Schneealpenstollen, leistet 34.500 Kubikmeter täglich.

Das bisher letzte Großprojekt wurde zwischen 1986 und 1989 abgewickelt. Über eine 22 Kilometer lange Leitung wurde die Pfannbauernquelle, in der Gemeinde Gußwerk gelegen, ebenfalls an Leitung I angeschlossen, was mit weiteren 25.000 Kubikmetern täglich zu Buche schlägt.

Der alte Oberingenieur Mihatsch, wir erinnern uns an seine Panne bei der Eröffnung des Hochstrahlbrunnens am Schwarzenbergplatz, wäre angesichts dieser Kapazitäten gleich mehrfach stolz. Er wäre stolz darauf, bei der bahnbrechenden Premiere dabei gewesen zu sein. Er wäre stolz darauf, dass seine Leitung auch mühelos so viel neues Wasser transportieren kann. Und er würde, gäbe es wieder einmal so viel Aufsehens um einen frischen Strahl Wasser, mit Sicherheit das Radl des Wasserwechsels in die richtige Richtung drehen. Diesmal schon.

Eingangstür zur Quellfassung des Kaiserbrunnens.
Mit starken Türen und sicheren Schlössern ist die gesamte Wasserleitung vor ungebetenen Gästen gesichert.

HEINRICH RABE

Die Quellkammer des Kaiserbrunnens.
Von hier aus macht sich das Wasser auf die fast 90 Kilometer lange Reise nach Wien.

Schematischer Querschnitt des Kaiserbrunnens.

Details der Quellfassung Kaiserbrunn.
Im Uhrzeigersinn, von links oben: Turm, Messkammer innen, Messkammer außen, Unterwasserkanal.

Abendstimmung in Kaiserbrunn. Die Besatzung der Quellstation arbeitet rund um die Uhr.

Defekt: Dieses Rohr, ausgestellt im Wasserleitungsmuseum Kaiserbrunn, war der Kraft des Wassers nicht gewachsen. Folge: spektakulärer Rohrbruch.

Tiefer Einblick in die Wasseralmquelle und ihre Technik.
Im Vordergrund das Handrad, mit dem der Schieber zum
Öffnen und Schließen des Trinkwasserkanals betätigt wird.

Die einfühlsame Einfachheit der Architektur verbindet
die Innen- und Außenwelten von Wasseralmquelle und Stixensteinquelle und
erschafft eine zeitlos anmutende Symbiose von Wasser, Stein und Technik.

Vorrichtung zur Entleerung der I. Wiener Hochquellenwasserleitung bei Windbrücke. Entleert wird, wenn in Wien geringer Wasserbedarf herrscht und Servicearbeiten an der Leitung notwendig sind.

Der Lärchsteinstollen ist 2693 Meter lang. In DN 800 Rohren mit einem Durchmesser von 80 Zentimeter wird die Pfannbauernquelle in die Hauptleitung, die Direttissima Richtung Wien Rosenhügel, eingespeist.

Einstieg Süd 842. Der Schneealpenstollen, 9680 Meter lang, verbindet Hinternaßwald mit dem Karlgraben. Er war eine wesentliche technische Herausforderung der I. Wiener Hochquellenwasserleitung.

Die Schiefauerquelle (links) und die Leftingquelle bedienen das Gebiet Hinternaßwald. Vor dem Hintergrund der Natterkögel versorgen Solarpaneele die Wasserzähler mit autarker Energie.

Niederschlagsmessungen vor dem Lärchsteinstollen.

Vor der Kammer G in Hinternaßwald.
Permanente Messungen führen zu genauen Statistiken über den Zusammenhang von Niederschlägen und Quellergiebigkeit.

Die Ingenieure beider Hochquellenwasserleitungen
nahmen sich die römische Wasserversorgung zum Vorbild und bauten
pittoreske Talüberquerungen: Aquädukt „Luegerbrücke“.

Aquädukt „Luegerbrücke", II. Wiener Hochquellenwasserleitung.

Aquädukt „Baden“ I. Wiener Hochquellenwasserleitung,

Aquädukt „Baden". I. Wiener Hochquellenwasserleitung.

Aquädukt „Bärenbach", II. Wiener Hochquellenwasserleitung.

OHNE WASSER KEIN LEBEN: WASSERCHARTA

DIE NACHRICHTENLAGE STIMMT BETRÜBLICH: DER WELT GEHT DAS WASSER AUS. Immer mehr Menschen verbrauchen immer mehr Wasser.

Die Wasservorräte aber vermehren sich nicht. Nur 2,5 Prozent des Wassers auf der Welt ist Süßwasser. Zwei Drittel davon sind in Eiskappen und Gletschern gespeichert, stehen der Menschheit also nicht zur Verfügung. Die herkömmlichen Methoden, die Wasserzufuhr mit Staudämmen, Aquädukten, Kanälen und Brunnen zu erhöhen, sind an einer natürlichen Obergrenze angelangt.

Die Frage, was geschieht, wenn sich die Menschheit in derselben Geschwindigkeit weiter vermehrt wie in den letzten Jahrzehnten, kann sehr anschaulich beantwortet werden. Es bedarf nur eines analytischen Blicks auf die aktuelle Situation in den Entwicklungsländern.

Für 1,2 Milliarden Menschen existiert das Problem der Wasserknappheit bereits. Ihnen steht kein sauberes Trinkwasser zur Verfügung. Insgesamt drei Milliarden Menschen leben ohne sanitäre Anlagen. Sie haben weder Toiletten noch Kanalisation. Sie finden sich in einer ähnlichen Situation, wie die Wiener im 16. Jahrhundert, die im Kapitel über die Geschichte der Wiener Hochquellenwasserleitung bereits beschrieben wurde. Mehr als fünf Millionen Menschen sterben jährlich an Krankheiten, deren Erreger sich im Wasser verbreiten, denen man also leicht vorbeugen könnte. Cholera. Durchfall. Ruhr. Peter Gleick kommentiert die Situation in „The World's Water 1998 – 99" drastisch: „Für nahezu drei Milliarden Menschen wären sanitäre Anlagen, wie die alten Römer sie hatten, schon eine bedeutende Verbesserung der Lebensqualität."

Wasserwirtschaft hat, daran besteht angesichts dieser Fakten kein Zweifel, eine hochpolitische Dimension. Wasserwirtschaft wird, auch darüber sind sich Staatspolitiker ganz verschiedener Nationalitäten einig, zum zentralen Thema, an dem sich sogar Kriege entzünden können. Ismail Serageldin, Vizepräsident der Weltbank, sagte 1995: „In den Kriegen des nächsten Jahrhunderts wird es um Wasser gehen."

Österreich ist in dieser Frage privilegiert. Die heimischen Wasserreserven sind mehr als ausreichend, die Qualität des Wassers ist einwandfrei. Immer wieder lassen sich Stimmen vernehmen, die das österreichische Wasser privatisieren und exportieren wollen, eine durchaus vielversprechende Geschäftsidee. Doch herrscht in der österreichischen Politik ein ziemlich weitgehender Konsens darüber, dass österreichisches Wasser kein Spekulationsobjekt werden sollte.

Die Stadt Wien hat im Dezember 2001 dazu ein Statement abgegeben und den Wasserschutz in den Verfassungsrang gehoben, als „erste und bis dahin einzige Stadt der Welt", wie nicht ohne Stolz betont wird. Flankierend dazu wurde die sogenannte *„Wiener Wassercharta"* veröffentlicht, die in zehn Punkten eine Willenserklärung für die weitere Politik der Kommune mit ihrem Wasser abgibt.

1. *„Sicherung des Wiener Wassers für alle Generationen."* Die Stadt Wien legt sich in diesem Punkt fest, „alles" zu tun, um „das lebenswichtige Gut Wasser" vor möglichen Gefährdungen zu schützen. Einerseits ist damit der Einsatz von Techniken gemeint, die up to date, im Originaltext „am Stand der Technik" zu sein haben. Zweitens, und darin besteht die politische Willensäußerung, „werden die wirtschaftlichen Maßnahmen dem Allgemeinwohl untergeordnet". Soll heißen: kein Verkauf von Quellen, Quellschutzgebieten oder Wasserrechten. Noch deutlicher wird das im nächsten Punkt:
2. *„Verfassungsschutz für unser Wasser."* Die saloppe Formulierung muss so interpretiert werden: Sowohl Quellschutzwälder als auch Wasserrechte, die sich im Besitz der Stadt Wien befinden, dürfen nicht an Private verkauft werden. „Der Ausverkauf des ‚weißen Goldes' (soll) gestoppt werden." In einem Klima fortschreitender Privatisierungen ist das eine überraschend klare Aussage, die nur aus den klaren politischen Mehrheitsverhältnissen in der Stadt erklärt werden: Seit den Gemeinderatswahlen 2001 hält die Sozialdemokratische Partei unter Bürgermeister Michael Häupl nach einer Legislaturperiode, während der mit der ÖVP regiert wurde, wieder die absolute Mehrheit. Mit der Absage an die Privatisierung ist die wichtigste Botschaft der „Wassercharta" auch schon abgeschickt. Im Weiteren wird dieses Kernanliegen nur noch präzisiert.
3. *„Wasservorsorge ist Daseinsvorsorge".* Daseinsvorsorge wird in diesem Zusammenhang als „Grundversorgung der Allgemeinheit mit lebenswichtigen Dienstleistungen" definiert. Diese fällt ins Ressort der Gemeinde. Sie darf nicht „an gewinnorientierte Unternehmen abgegeben werden."
4. *„Arbeitsplätze durch Umweltschutz".* Selber Gedanke, neue Zielrichtung. „Ein Ausverkauf der Quellenschutzwälder würde nicht nur den Umweltschutz, sondern auch Arbeitsplätze gefährden."
5. *„Qualitätssicherung statt Gewinnmaximierung".* Dieser Punkt dürfte die meisten Konsumenten brennend interessieren. Er schreibt fest, dass die Preisgestaltung der Wasserversorgungsbetriebe „fair" zu sein hat und nur der Kostendeckung,

Ohne Wasser kein Leben: Kein Lebensmittel braucht der Mensch dringender als Wasser, vom ersten Augenblick an. Szene in der Säuglingsstation des Allgemeinen Krankenhauses Wien.

Wasser unser Götterfunken. Spielende Kinder am Naßbach:
510 Millionen Quadratkilometer unserer Erde sind von Wasser bedeckt.
Der Anteil des Süßwassers beträgt knapp unter drei Prozent.

nicht aber der „Gewinnmaximierung" dienen darf. Zur Zeit kostet ein Kubikmeter Wasser exakt € 1,30. Abwasser ist teurer. Pro Kubikmeter um zwei Cent. Der nächste Punkt ergibt sich logisch aus dem vorherigen:

6. *„Wasser darf kein Luxusgut werden".*

7. *„Schonende Nutzung der Ressource Wasser".* Dieser Punkt muss in Kenntnis der Fakten zu Beginn dieses Kapitels gelesen werden. An vielen Orten der Welt werden immer größere Mengen Wasser aus ihren Reservoirs entnommen und diese damit, manchmal nachhaltig, verändert. Dagegen will sich die Stadt Wien verwahren. Sie hält fest, „dass die Wasserentnahmen wie bisher in einem ökologisch verträglichen Maß" erfolgen. Und, noch einmal: „Ein Wasserexport wird nicht angestrebt."

8. *„Bodenschutz als oberstes Qualitätsziel".* Der Waldboden im Quellschutzgebiet ist als Wasserfilter wichtiger als „die Faktoren Holzertrag, Jagd, Landwirtschaft und Tourismus". Der Umgang mit ihm sollte „fürsorglich" gestaltet werden. Auch wie der ideale Waldboden beschaffen sein soll, weiss die Charta:

9. *„Vorrang für gesunde Mischwälder".* Standardsätze, von den Ökos der achtziger und neunziger Jahre gebetsmühlenartig wiederholt, jetzt im offiziellen Sprachgebrauch der Bundeshauptstadt: Keine Monokulturen. Weil „gesunde Mischwälder, die Platz für viele verschiedene Pflanzen- und Tierarten bieten, sind der Garant für einen gesunden Wald und nachhaltige Wasserversorgung."

10. *„Wasserpolitik im Konsens der Europäischen Union".* Ein nicht unheikler Schlusspunkt. Er weist freundlich darauf hin, dass die Wasserrahmenrichtlinie der EU es eh ernst meint mit der Verbesserung der Wassersituation in den Mitgliedsländern. Gleichzeitig predigt die EU jedoch auch den freien Wettbewerb, wobei sie es in ihren Publikationen unterlassen hat, diesen im Bereich der Wasserversorgung zu fordern. Daher: (Die EU) „zwingt nicht zur Privatisierung der Wasserversorgung." Subtext: „So ein Glück!"

Die ein wenig schelmische, wenn auch durchaus zutreffende Schlussbewertung zum Abschluss des insgesamt doch beachtlichen Papiers: „Die Stadt Wien hält sich an die Rahmenbedingungen des Gemeinschaftsrechts."

Wasser auf der Haut: Badeszene im Krapfenwaldbad in Wien.

Regenwetter über dem Naturhistorischen Museum: ein feiner Beitrag zum Wiener Wasserhaushalt.
Zu den Bedarfsspitzen wird Wien auch durch Grundwasser aus der Lobau versorgt.

Strömender Regen auf dem Heldenplatz: Geduldig harren die Besucher der Feierlichkeiten zum 50. Geburtstag der Zweiten Republik unter ihren Regenschirmen aus.

DIE BRUNNEN DER STADT

ES MUSS EINE ZIEMLICHE DRÄNGEREI GEWESEN SEIN. Die Wassermänner und Wasserfrauen füllten ihre Fässer und Butten, um sich auf den Weg zur Kundschaft machen zu können. Dienstmädchen der besseren Familien nützten das Wasserholen als Möglichkeit, um rasch die Köpfe zusammenzustecken und von den Kolleginnen die wirklich interessanten Dinge zu erfahren.

Das Pritscheln des Brunnens verleitete zum Plaudern. Hausfrauen. Passanten. Durstige. Wachmänner. An der „Bassena", dem gusseisernen Wasserleitungsauslass samt kleinem Becken, der auf den Gängen der gründerzeitlichen Substandardwohnungen befestigt war, wurde der Brunnentratsch geradezu sprichwörtlich.

Als Wien noch kein entwickeltes Wasserversorgungsnetz hatte, also bis weit in die zweite Hälfte des 19. Jahrhunderts, waren Wiens Brunnen Herzstücke des täglichen Lebens. Es gab insgesamt 11.000 von ihnen. Erst nach dem Bau der ersten Hochquellenwasserleitung nahm ihre Zahl rapid ab.

Inzwischen sind Wiens Brunnen ihrer ursprünglichen Aufgaben entledigt und zu kleinen, feinen Sehenswürdigkeiten geworden. Sie tragen Ruhe in die Stadt, erzählen mit leiser Stimme von längst vergangenen Zeiten und setzen mit dem Sound des plätschernden Wassers einen Kontrapunkt zur Geschäftigkeit des Zentrums.

Was nicht heißt, dass es am Rand der schönsten Brunnen nicht auch heute lebhaft zugehen kann. Der Donnerbrunnen am Neuen Markt, eines der schönsten Exemplare Wiens, war in den achtziger Jahren besetzt von Wiens Mods, deren Frisur vor allem aus dem dominierenden Schüttelscheitel bestand, die gerne Krawatte und Parka trugen und die Stadt zum Sound von „The Who" oder „The Jam" mit ihren Vespas unsicher machten. Sie wählten den Brunnen wegen seiner zentralen Lage, gleich neben der Kärntner Straße – was natürlich auch mehr als 250 Jahre vorher den Ausschlag gegeben hatte, als die Stadtverwaltung einen Wettbewerb zur Errichtung „einer Brunnenanlage mit profanem Charakter" am Mehlmarkt, dem heutigen Neuen Markt, ausschrieb.

Das Vorgehen war übrigens neu. Der Providentia-Brunnen – der erst später nach seinem Architekten und Planer, dem Bildhauer Georg Raphael Donner benannt wurde – war keinem gekrönten Haupt, keinem herrschenden Würdenträger zugedacht, sondern einzig und allein der Bürgerschaft Wiens „zur Ehre und der Stadt zur Zierde".

Entsprechend allegorisch die Hauptfigur des Brunnens, anmutig und mit keck geneigtem Kopf auf einem Sockel aus Bronze: Wiens Stadtgöttin „Providentia", als deren Spezialgebiet die „Fürsichtigkeit" gilt. Unten am Sockelrand platzierte der damals erst 24jährige Donner vier Putten mit Fischen (Hecht, Karpfen, Wels und Lachs) – und weil der Brunnen Wiens Bürgern so gut gefiel, schob die Stadt den Auftrag nach, auch den Brunnenrand mit barocken Skulpturen zu ergänzen. Die hübschen, zum Teil nackten Figuren sorgten mehr als 30 Jahre nach der Enthüllung des Brunnens übrigens für einen handfesten Skandal. Kaiserin Maria Theresia ließ die Nymphenfiguren abtragen, weil sie wegen deren Nacktheit sittliche Schäden für ihr Volk befürchtete.

Auch über die Figur der Providentia, deren schwungvolle Anmut dadurch unterstrichen wird, dass sie nicht ganz züchtig bekleidet ist, begannen pikante Geschichten zu kursieren. Sie trug die Züge einer bekannten Bürgerin namens Simonette Neuhauser, Gattin des gleichnamigen Lebzelters und Hausbesitzers Georg Neuhauser, in dessen Haus am Mehlmarkt, hoch oben auf der Mansarde, der Bildhauer Georg Raphael Donner Quartier genommen hatte. Die ausführliche Version der (gar nicht so) heimlichen Liebesgeschichte kann beim Schriftsteller Franz Karl Ginzkey nachgelesen werden. Die Novelle heißt „Der selige Brunnen". Da passt es insgesamt ganz gut ins Ensemble, wenn die Hymne der Mods, die den Donnerbrunnen zuletzt zu ihrem Hauptquartier umfunktioniert hatten, „That's Entertainment" heißt, „das ist Unterhaltung".

Der Donnerbrunnen ist vielleicht der schönste unter den Wiener Brunnen. Aber auch an vielen anderen repräsentativen Orten sorgen Brunnen für Würde und Stimmung. Vor dem Parlament kündet Pallas Athene zweckoptimistisch von der Weisheit der Entscheidungen des Hohen Hauses. In den Fassadenkrümmungen der Hofburg auf dem Michaelerplatz symbolisieren zwei Brunnen mit neobarocker Entschlossenheit „Österreichs Macht zu Lande" und „Macht zur See".

Auf den Grünflächen vor der Staatsoper kündet links Melusine, die Allegorie der Musik, von Freude, Tanz und der damit verbundenen Euphorie – während rechts ihre Kontrahentin Lorelei, Sinnbild der Trauer, dramatische Züge trägt.

Es sind jedoch nicht nur die repräsentativen Brunnen – im Volksgarten, in Schönbrunn, im Stadtpark, am Schwarzenbergplatz, vor dem Rathaus, zwischen Kunst- und Naturhistorischem Museum – die mit großer Geste auf sich aufmerksam machen und den Prunk der Stadt gebührend feiern. Zwischen den Häusern, im Dschungel der Stadt, ein Hinterhof, plötzlich ein Glucksen. Ein Blick zur Seite, und aus einer Nische schaut dir mit blinden Augen ein alter Löwe entgegen. Seine Mähne ist nicht mehr fürstlich, weil sich in ihren Falten ein paar Moose eingenistet haben, als wäre der Löwe verwandt mit dem Wassermann. Aber immer noch speit er fleißig einen dünnen Strahl Wasser, du formst deine Hand zur Schale und nimmst einen Schluck. Dann bedankst du dich artig beim Löwen, immerhin ist er der König der Tiere.

Der Volksgartenbrunnen vor dem Turm des Wiener Rathauses.
Einst belieferten 11.000 Brunnen Wiens Bevölkerung mit Wasser.
Jetzt tragen sie nur noch Ruhe und Besinnlichkeit in den Trubel der Stadt.

Donnerbrunnen auf dem Neuen Markt: Wiens vielleicht prächtigster Brunnen preist die Stadtgöttin „Providentia“. Gestaltet wurde der Brunnen vom Bildhauer Georg Raphael Donner, nach dem er seither heisst.

PENSION

Der schöne Brunnen, der dem Sommerschloss der Habsburger seinen Namen gab. Oben spuckt ein Wandbrunnen im Palais Kinsky Wasser.

Wasserflächen als Oasen in der Stadt.
Links der Teich vor der Karlskirche auf dem Karlsplatz.
Rechts der Ententeich vor der Gloriette in Schönbrunn

Spiel mit Licht und Wasser. Effektvolles Schauspiel im Wiener Rathauspark. Der Brunnen wurde zur Eröffnung der II. Wiener Hochquellenwasserleitung erbaut.

Wasser und Luft, Licht und Sonne, Schwarz-Weiß und Farbe, Reflexionen auf einer Gischtbahn von Perlen. Chaos und Ordnung im steten Wechsel. Die Korona des Volksgartenbrunnens.

Rückzugsgebiete der Natur mitten in der Stadt.
Die Morgensonne hat diese Seerosenblüte im Volksgarten geöffnet
und lässt den Volksgartenbrunnen hell erstrahlen.

Detail des Minervabrunnens, Wien I, Stubenring.

Austriabrunnen, Ecke Freyung – Renngasse im 1. Bezirk (links oben und rechts unten).
Trinkbrunnen aus der Jahrhundertwende im 8. Bezirk (rechts oben).
Brunnen im Savoyischen Damenstift in der Johannesgasse im 1. Bezirk (links unten).

Wasser trägt Pracht in die Gärten von Schloss Schönbrunn.
Brunnen und kunstvolle Blumenbeete vor dem Palmenhaus.
Im Hintergrund die Hietzinger Pfarrkirche.

Wiens Brunnen-Diva: die Pallas Athene vor dem Parlament.
Im Hintergrund die Ringstraße, das Burgtheater, die Michaelakirche, der Stephansdom, der Volksgarten und die Hofburg. Le tout Vienne.

Manche Figuren des Pallas Athene-Brunnens müssen hart arbeiten. Im Schweiße ihres Angesichts preisen sie die Weisheit ihrer übergeordneten Göttin.

Die gesammelte Pracht des Neoklassizismus.
Nirgendwo sonst präsentiert Wien so entschlossen
seine Verbundenheit zur Wiege der Demokratie.

Der Neptunbrunnen in Schönbrunn, erbaut unter der Regentschaft von Kaiserin Maria Theresia. Der prächtig modellierte Meeresgott Neptun steht als Gleichnis für den Herrscher, der die Geschicke eines Landes zu lenken weiß.

Rund um Neptun sammeln sich seine Untertanen, etwa die Meeresgöttin Thetis. Zu seinen Füßen tummeln sich, halb Mensch, halb Fisch, die Tritonen.

Auch dieser Brunnen im Wiener Volksgarten stellt Motive aus der klassischen Mythologie dar: Brunnengruppe „Faun und Nymphe".

Restaurierungsarbeiten an einem der beiden Hofburgbrunnen auf dem Michaelerplatz. Das neobarocke Kunstwerk stellt „Österreichs Macht zu Lande“ dar.

Der „Vermählungsbrunnen" auf dem Hohen Markt, gewidmet der Vermählung Josefs mit Maria. Fischer von Erlach hatte den Brunnen ursprünglich in Holz errichtet, sein Sohn baute ihn neu in weißem Marmor.

Tritonen und Najaden vertreiben sich die Zeit miteinander.
Brunnen auf dem Maria-Theresien-Platz zwischen Kunst- und Naturhistorischem Museum.

Strahlenförmig führen die Achsen der Stadt in ihr Zentrum. An der Wiedner Hauptstraße in Wien 4 verströmt der „Engel-Brunnen“ vor dem Café Wortner feuchte Kühle.

Auf zwei von Josef Gasser geschaffenen Brunnen vor der Staatsoper kündet Melusine, die Allegorie der Musik, von Freude und Tanz, während ihre Kontrahentin Lorelei, Sinnbild der Trauer, auf der anderen Seite der Oper dramatische Züge trägt.

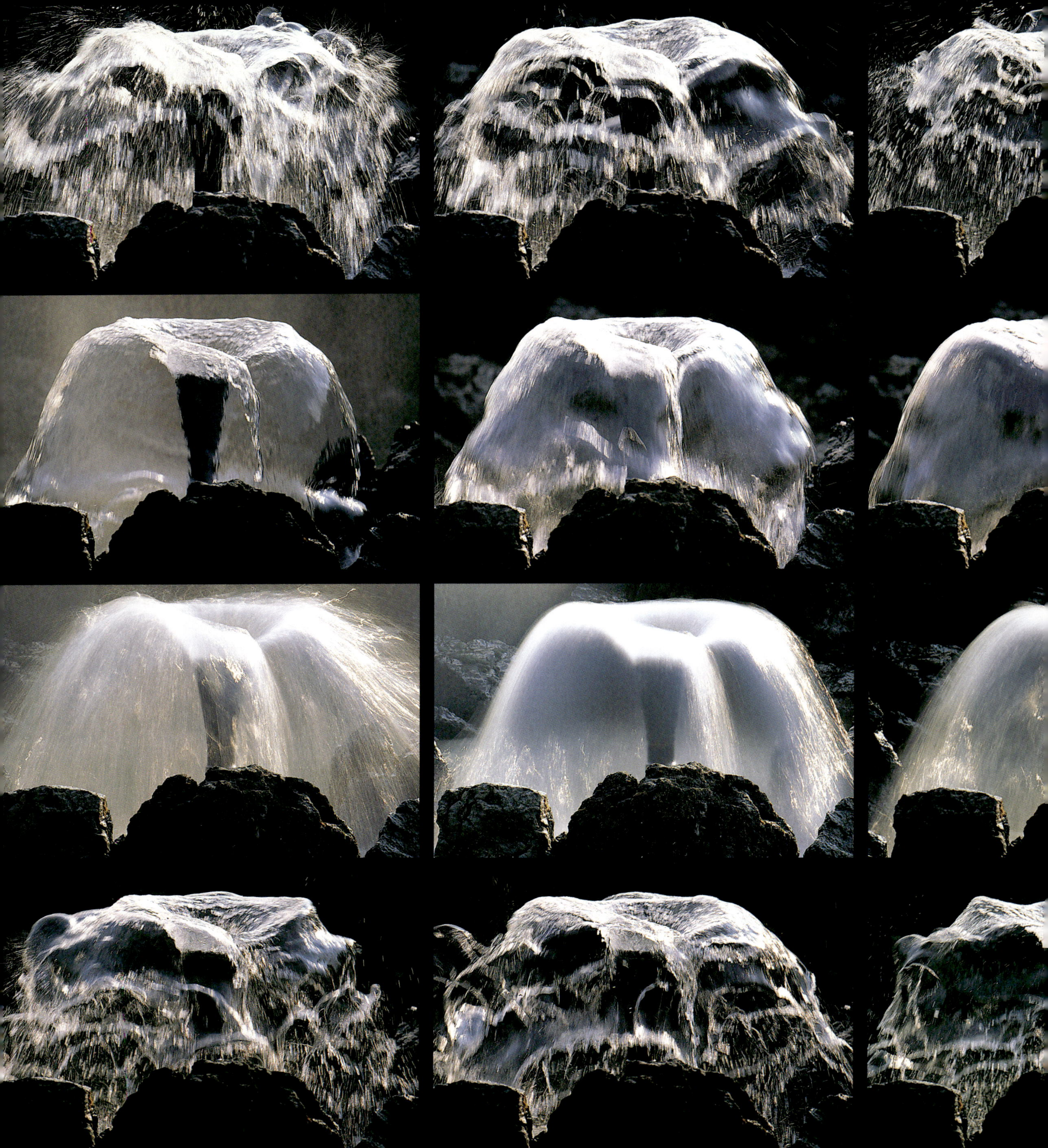

Geformt von Licht und Wind. Die vielen Gesichter eines einzigen Springbrunnens: Sprühtulpe des Hochstrahlbrunnens auf dem Wiener Schwarzenbergplatz.

Wasser bringt Farbe und Leben in die Stadt: Rosen blühen vor dem Theseustempel im Wiener Volksgarten; im Palmenhaus im Schönbrunner Schlossgarten sprießen exotische Schönheiten.

Moment-Aufnahme in der „Wiener Wasserwelt", Märzstraße im 15. Bezirk.

Die „Wiener Wasserwelt“ im Detail:
„Denkzeichen“, „Spielbrunnen“,
„Wasserspielplatz“, „Lebensbaum“.

Im Rausch der Stimmungen und der Farben:
Zeitgenössische Künstler stellen sich der Herausforderung,
das Thema Wasser mit modernen Materialen zu interpretieren.

Impressionen: Nach einem Zufallsgenerator fließt und tropft Wasser auf eine von Gerhard Zsambok gestaltete Oberfläche. Wasserspiele um die „Alte Schieberkammer" auf dem Meiselmarkt und die zahlreichen Trinkbrunnen in der Wiener Innenstadt erfrischen die Passanten.

Im Studio „Leopard“ des Wasserkünstlers Gerhard Zsambok.
Überraschende Effekte gebildet aus Licht und Farben
verschiedensten Materialien und vor allem Wasser.

DAS WASSERWERK

HEUTE IST PLAN B IN KRAFT GETRETEN. Heute liefern nicht die beiden Hochquellwasserleitungen ihr Pensum nach Wien, weil Leitung 1 nämlich abgedreht ist. Eine verspätete „Abkehr". Diese Revision hätte schon zeitig im Frühjahr stattfinden sollen, aber dann kam das erste Donauhochwasser dieses Jahres dazwischen. In Wien stiegen die Pegel der Donau, aber auch des Grundwassers auf bemerkenswerte Höhen. Das Grundwasserwerk Lobau funkte Alarm. Sobald das Grundwasser einen bestimmten Pegel überschreitet, kann für seine Sauberkeit nicht mehr garantiert werden. Die Abkehr wurde kurzfristig verschoben. Die begleitenden Maßnahmen – Anfüllung sämtlicher Behälter bis zum Höchstpegelstand – waren für diesmal vergebens.

Jetzt ist es so weit, auch wenn Mitte Mai nicht der ideale Zeitpunkt für das Sperren einer Hochquellenwasserleitung ist, vor allem dann, wenn der Frühling schon ein bisschen mit dem Sommer kokettiert, Stichwort 30 Grad am späten Nachmittag. Dann nämlich steigt der Verbrauch, und die Reserven müssen schneller flüssig gemacht werden als in der kühlen Jahreszeit.

Im Bereich Gumpoldskirchen wird die Hochquellenleitung von Innen kontrolliert und gereinigt. Ein Trupp von Arbeitern und Technikern prüft, ob die Leitung, die seit bald 130 Jahren in Dauerbetrieb steht, sämtlichen aktuellen Erfordernissen genügt. Gleichzeitig wird die Schicht von Sedimenten, die sich beim Durchfließen von täglich 170.000 Kubikmeter Wasser zwangsläufig ablagert, nach Kräften entfernt.

Im Wasserbehälter Rosenhügel ist der Geräuschpegel um eine Spur niedriger als sonst. Denn dort, wo sonst mit frischem Schwung die I. Hochquellenwasserleitung in das größte von 32 Wiener Wasserreservoirs mündet, herrscht Stille. Das Licht fällt auf die Erinnerungstafel, wo einige Wiener Bürgermeister für ihre Verdienste um das Wiener Wasser verewigt wurden. Die Kante darunter, die sonst von einer kleinen, metaphorischen Stromschnelle überspült wird, ist fast trocken. Der Pegelstand am Rosenhügel beträgt aktuell 274 Zentimeter. Das ist wenig. Normalerweise sind die sechs Kammern, die von einem weißen Gewölbe überdacht werden, bis zu 4 Meter 92 hoch befüllt. Jetzt ist der Blick auf die zum Teil schon etwas angegriffenen, rot gestrichenen Stützen frei, die sich sonst die meiste Zeit unter der Wasseroberfläche befinden. Gleich neben dem Eingang ragt ein gigantisches Überlaufrohr aus dem Wasser, wie das Periskop eines Panzerknacker-U-Boots in einer Dagobert Duck-Geschichte.

Trotzdem ein kräftiges Rauschen unter Tag. Hinter der mit hohen Stahltüren verschlossenen Schieberkammer, durch die man in das Reservoir eintritt, wartet nicht nur ein Polster aus kühler Luft, sondern auch eine geheimnisvolle Geräuschkulisse. Das Wasser steht, grün und gläsern, in seinem Behälter. Was macht hier so einen Lärm? Ein Fließgeräusch. Der Wasserbehälter ist so konstruiert, dass das Wasser ständig in Bewegung bleibt. Unter der Wasseroberfläche sorgen Fließwände dafür, dass das Quellwasser, scheinbar unbestimmbar, einer labyrinthischen Ordnung folgt. Diese Bewegung soll verhindern, dass sich im stehenden Wasser eventuelle Verunreinigungen festsetzen und weiterentwickeln können.

Neben dem Ausgang in den Schieberraum schwimmt ein Metallzylinder mit ausladenden Schwingen. Hier wird, zum letztenmal mit freiem Auge sichtbar, die sprichwörtliche Trinkwasserqualität kontrolliert. Dabei setzen die ersten Kontrollen schon direkt an der Quelle an. Die erste Maßnahme besteht traditionell darin, die Trübung des Wassers zu bestimmen. Eine Anekdote erzählt davon, dass der Brunnenwächter früher das Wasser in ein hohes Glas füllte und versuchte, durch das Glas hindurch die Zeitung zu lesen. Sobald das nicht mehr möglich war, wurden wegen getrübten Wassers Maßnahmen eingeleitet.

Die aktuellen, längst standardisierten Untersuchungen überprüfen vor allem, ob sich eventuell organische Substanzen, Bakterien oder Viren im Trinkwasser befinden. Das ist unwahrscheinlich, aber nicht unmöglich. Vor allem, wenn starke Niederschläge im Schneebergmassiv den Boden aufgeweicht und schwer gemacht haben, kann es vorkommen, dass Bakterien oder andere organische Verbindungen durchgeschwemmt werden – dann schlagen die in Kaiserbrunn installierten Messinstrumente Alarm, und die schnelle Eingreiftruppe der Wiener Wasserversorgung kann gegensteuern. Auf dem ganzen Weg von der Quelle bis nach Wien überprüfen zahlreiche Messstationen das Wasser auf seine wichtigsten Qualitätsmerkmale. Die Daten werden online nach Wien übertragen, wo sie rund um die Uhr zentral ausgewertet werden.

Hygienische Störfälle im Quellschutzgebiet sind übrigens selten. Die Einzugsgebiete des Wiener Wassers, deren Fläche immerhin doppelt so groß ist wie die Stadt Wien, stehen unter Quellschutz. Das Gebiet darf nur eingeschränkt für Landwirtschaft, Besiedlung und Tourismus genützt werden, und wenn, dann nur unter genauen, strikt quellschützerischen Rahmenbedingungen.

Denn nicht die gesamte Wasserschutzregion ist so abgeschieden wie manche Ecken des Höllentals, ganz im Gegenteil. Vor allem der Schneeberg ist ein ausgesprochen beliebtes Ausflugsziel. Um das kleine Wunder eines Schneeberg'schen Panoramablicks wissen inzwischen wirklich viele Menschen. Sie marschieren oder fahren auf die Höh', essen und trinken dort, die Hüttenwirten müssen schließlich auch ein Geschäft machen.

Architekturikone auf dem Wienerberg: der Wasserturm.
Zu den 100-Jahr-Feierlichkeiten im Jahre 1999 erstrahlt das Industriedenkmal im blauen Licht, der Symbolfarbe des Wassers.

Wenn die Dampflok oder der Dieselsalamander sich allerdings auf die letzte Talfahrt machen, kriegen sie einen Extraanhänger hinten angekoppelt. In einem Tank, wie wir ihn sonst nur bei den Bauern sehen, die gerade ihre Felder düngen, wird nach Puchberg hinunter geführt, was die zahlreichen Hüttengäste in den kleinsten Zimmern der Hütten hinterlassen haben. Ab in die Kanalisation damit. So funktioniert, auch wenn es nicht gut riecht, praktizierte Quellschutzpolitik. Aber das Beispiel zeigt bei aller Freundschaft auch die Risiken der Wasserwirtschaft auf.
So gilt für die Betreiber der Wiener Wasserversorgung nicht ein Umwelt-Störfall in Wien selbst als größter anzunehmender Unfall, sondern eine Katastrophe im Quellschutzgebiet. Im Jahr 1986 wäre das Gedankenspiel allerdings fast ernst geworden, wenn auch auf ganz andere Weise. Als Ende April in Tschernobyl der bisher folgenschwerste Reaktorunfall der AKW-Geschichte passierte, hätte der Regen in Folge auch über Rax und Schneeberg radioaktive Teilchen abladen können – mit der unvermeidbaren Folge, dass die Stadt Wien ihre I. Wiener Hochquellenwasserleitung hätte schließen müssen.
Dass spätestens nach dem 11. September 2001, dem Tag der Terroranschläge auf das New Yorker World Trade Center, auch die Möglichkeit eines Willkürakts erwogen wird, liegt auf der Hand. Nur so viel: Das Netz der Wiener Wasserversorgung ist gut bewacht. Sämtliche Einstiege ins Netz sind elektronisch gesichert. Sobald ein Tor zu einem Wasserbehälter geöffnet wird, ertönt in der Steuerungszentrale ein Alarmsignal. Die neuralgischen Punkte sind von Videokameras permanent überwacht.
Also Alarm. In der Pumpenstation des Rosenhügels heult eine durchdringende Sirene los, und knapp unter der gut fünf Meter hohen Decke beginnt sich eine orangerote Signalleuchte zu drehen. Einer der beiden Journaldienste, der gerade die Funktionsweise der sechs gewaltigen Pumpen erklärt hat, rast über die Metallstiege hinauf in den Steuerraum, um nach dem Rechten zu sehen. In der Regel nichts Besorgnis Erregendes: ein Kollege, der das Tor öffnet, um mit dem Auto auf das Gelände zu fahren; ein anderer, der im offenen Tor noch eine Zigarette mit dem Chauffeur der Autobuslinie 63A raucht, die hier ihre Endstation hat. In der Steuerungszentrale Entwarnung. Zwei Kollegen waren vom Außendienst zurückgekehrt. Sie winken einen kurzen Gruß in die Kameras. Der Kollege vor dem Bildschirm winkt zurück. Gutes Betriebsklima.
Auf einem der Monitore scheint eine schematische Darstellung der Funktionsweise des Rosenhügel-Behälters auf. Die Wasserleitung, und wie viel sie gerade einspeist (im Moment werden vier Liter pro Sekunde angezeigt, was im Toleranzbereich für plusminus

Null liegt; schließlich ist die Leitung geschlossen). Die sechs Kammern des Behälters und ihre jeweilige Pegelhöhe. Temperatur des Wassers (zur Zeit 7,4 Grad. Dass sich das Wasser, das im Kaiserbrunnen mit etwa 6,5 Grad gemessen wird, auf seiner hundert Kilometer langen Reise kaum erwärmt, liegt übrigens am Polster aus kalter Luft, der in der Leitung vom Höllental bis nach Wien mitreist). Die Versorgung des auslaufenden Wassers mit Chlorgas. Die Mengen an Wasser, die gerade an weitere Behälter weggeschickt werden. Der Bedarf der bunten Zonen.

Hier die Daten im Detail: Die Wasseraufbringung der ersten Hochquellenwasserleitung liegt bei mehr als 63 Millionen Kubikmetern, etwa 43 Prozent der gesamten ins Wiener Wassernetz eingespeisten Menge. Im Vergleich dazu liefert die zweite Hochquellenwasserleitung 75 Millionen Kubikmeter, mehr als 50 Prozent. Der Rest von zirka sechs Prozent, neun Millionen Kubikmeter, wurde unter „Grund- und Oberflächenwässer“ abgebucht. Dessen Löwenanteil lieferte das am Rand des zehn Quadratkilometer großen Naturschutzgebiets Lobau gelegene Grundwasserwerk Lobau, das den Grundwasserbegleitstrom der Donau bewirtschaftet. Ein kleiner Rest ist Oberflächenwasser aus dem Wientalwasserwerk. Diese Vorräte werden allerdings nur für Spezialfälle der Wasserwirtschaft herangezogen, zum Beispiel für die aktuelle Situation: eine Hochquellenleitung ist wegen Wartungsarbeiten gesperrt.

Voraussetzung für die Schließung ist, dass sämtliche Wasserspeicher Wiens – natürlich auch jener in Neusiedl am Steinfeld, Fassungsvermögen 600.000 Kubikmeter – randvoll befüllt werden. In den Speichern liegen dann in Summe verfügbare Wasserreserven von 1,65 Millionen Kubikmeter, mehr als ein dreifacher Wiener Tagesbedarf. Hochquellenwasser.

Nur bei absoluten Verbrauchsspitzen, das heißt als Ausnahme von der Regel, wird in der Tiefstzone – den Bezirken zwei und zwanzig, Teilen des dritten und elften, sowie den beiden transdanubischen Bezirken – aufbereitetes Grundwasser aus der unteren Lobau eingespeist. Dennoch halten sich in der Wiener Bevölkerung hartnäckige Mythen. Ein grundsätzliches Missverständnis besteht darin, dass die Bezirke jenseits der Donau, Floridsdorf und Donaustadt, ausschließlich mit Wasser aus der Lobau versorgt werden. Spätestens seit dem Bau des Schneealpenstollens, der 1974 die Sieben Quellen im Karlgraben verfügbar machte, und der Einleitung der Pfannbauernquelle am 10. März 1989 trinkt ganz Wien – abgesehen von beschriebenen Spezialfällen – Hochquellwasser Einen Grund dafür, dass das Wasser in diesen, am weitesten von den Quellen entfernten Gebieten Wiens, anders schmeckt als etwa in der Innenstadt, gibt es allerdings schon.

Der Wasserbehälter des Wasserturms. In 67 Meter Höhe lagerten hier gut tausend Kubikmeter Wasser, mit denen bis 1956 die hochgelegenen Haushalte des Wienerbergs versorgt wurden.

Je länger das Wasser im insgesamt 3261 Kilometer langen Wiener Rohrnetz unterwegs ist, desto wärmer wird es. Und für einen Schluck Wasser gilt dasselbe wie etwa für einen frischen Weißwein: je kühler genossen, desto besser der Geschmack.
Wie groß der Behälter am Rosenhügel ist, erschließt sich nicht drunten im Dunkeln. Erst ein Spaziergang über das abgezäunte Areal zeigt, wie groß das Gelände ist. Ein hübscher Blick in Richtung Steinhof. Ein pittoreskes Wasserschloss aus dem 19. Jahrhundert. Ein Häuschen, in dem ein beneidenswerter Mitarbeiter des Wiener Wasserwerks seine Dienstwohnung hat, samt kleinem, englischen Rasen direkt vor der Haustür. Hier stand bis vor ein paar Jahren das erste Hauptquartier der RAVAG, der Vorgängergesellschaft des ORF, und sendete hinunter nach Wien.
Am anderen Ende des Areals ist im selben Haus wie die Einsatzzentrale die Chlorierungskammer untergebracht. Hier wird aus unterarmgroßen Glaszylindern das Wasser, das vom Rosenhügel in andere Behälter umgeleitet wird, mit Chlordioxid angereichert und damit endgültig gegen natürliche Verunreinigungen geschützt.
Die Dosis der Chlorung – 0,15 Milligramm pro Liter – ist minimal, sie ist weder zu schmecken noch zu riechen. Genau diese Geruchslosigkeit war es übrigens, die amerikanischen Besatzungssoldaten auffiel, als sie nach dem zweiten Weltkrieg die Quelle in Kaiserbrunn inspizierten. „Dieses Wasser soll sauber sein?", fragte ein entgeisterter GI, „das schmeckt doch überhaupt nicht nach Chlor!"
Der Rosenhügel ist übrigens nur einer von landschaftlich ganz wunderbar gelegenen Wasserbehältern. Als schönster gilt freilich der auf dem Hackenberg, mitten in einer Kleingartensiedlung in Döbling. Sein Inhalt – 11.550 Kubikmeter – ist nicht über die Maßen ergiebig. Doch das jugendstilmäßig angehauchte Gebäude mit dem kleinen, in Stein gefassten Teich vor der Schieberkammer ist längst selbst zu einer Sehenswürdigkeit geworden – und bietet seinen Besuchern einen grandiosen Blick über die Stadt.
Das gilt auch für den kleinen, versteckten Behälter auf dem Kobenzl, in einer der verträumtesten Ecken Wiens. Man könnte fast meinen, die Stadt Wien habe sich hier ein Hide-Away für romantische Paare geleistet.
Die Wirklichkeit ist profaner. Die hübschen Behälter stehen, wo sie stehen, weil von ihnen aus die höher gelegenen Regionen Wiens mit frischem Wasser beliefert werden. Von den beiden Hauptspeichern in Mauer und am Rosenhügel, den jeweiligen Endstationen der beiden Hochquellenwasserleitungen, wo das Wasser gesammelt und gechlort wird, fließt es in insgesamt sieben Höhenzonen Wiens, die jeweils mit verschiedenen Farben gekennzeichnet sind.

Die Wasserversorgung Wiens folgt dabei dem „Prinzip der kommunizierenden Gefäße". Das bedeutet, dass die ersten beiden Behälter höher als die anderen liegen und diese ohne Pumpe, dem Gravitationsprinzip folgend, befüllt werden können.
Leitung 1 – ihr Wiener Depot liegt auf 245 Meter, versorgt die blaue und violette Zone, Seehöhe zwischen 160 und 240 Meter. Zu ihnen gehört ein großer Bereich innerhalb des Gürtels, aber auch Teile des 23. und 10. Bezirks, sowie das gesamte Gebiet jenseits der Donau, die großen Bezirke Floridsdorf und Donaustadt.
Leitung 2 ist für die Mittel- und Hoch-Zonen Rot, Grün, Orange, Braun und Gelb zuständig, die hauptsächlich am Westrand von Wien zwischen 240 und 310 Meter hoch liegen. Diese können vom Behälter Mauer, der etwas höher auf 327 Meter liegt, gravitationstechnisch erreicht werden. Nur für die bis zu 480 Meter hoch gelegenen Anschlüsse am Kahlen- und Leopoldsberg, Neustift, dem Wilheminenberg oder den Steinhofgründen, müssen Pumpen verwendet werden.
Beide transportieren das Wasser aus den Hauptbehältern in kleine Bedarfsbehälter bei der Jubiläumswarte, dem Dreimarkstein, dem Kahlenberg und zahlreiche andere. Von dort aus fließt das Wasser wieder, den Gesetzen der Schwerkraft gehorchend, zu den einzelnen Hausanschlüssen. Übrigens stets unter einem Druck von drei bis fünf Bar, der gewährleistet sein muss, damit die Feuerwehr in jedem Winkel Wiens mit genug Druck auf dem Schlauch etwaige Löscharbeiten erledigen kann.
Auf dem Wienerberg ist eine Zwischenlösung zu besichtigen, ein Anlassbauwerk für die Jahre zwischen der Eröffnung der I. und der II. Wiener Hochquellenwasserleitung.
Exkurs I. Der Wasserturm.
Schau dir den Wasserturm zuerst einmal von oben an: er blickt dir streng und spitz entgegen wie eine neumodische Rakete aus Star Wars: ganz vorne eine silberne Spitze, die auf einer Kugel sitzt, die wiederum den torpedoförmigen Korpus mit einem martialischen Muster aus roten Quadraten abschließt. Jetzt schwenk den Turm um neunzig Grad, aber mach es langsam, denn sonst beginnt es zu schneien. Dann steht er da, wie ihn die Andenkenmacher nachgemacht haben: breit in der Hüfte, wuchtig, sich langsam nach oben verjüngend, vielleicht sieben oder acht Zentimeter hoch; in der Schneekugel, die zum 22. März an Freunde des Wiener Wasserwerks verteilt wurde, als Präsent zum Weltwassertag, als Allegorie für die Tradition, die Wiens Wasserversorgung sich auf die Fahnen heften kann.
Der Wasserturm in Favoriten, Windtenstraße 3, feierte 1999 seinen hundertsten Geburtstag. Da war er längst nicht mehr in Betrieb. Er war errichtet worden, um vor dem

Moderne Stahlbetonbehälterkammer des Wasserbehälters auf der Schmelz. Wiens Wasserversorgung wird stets mit neuester Technologie aufgerüstet.

Bau der zweiten Hochquellenwasserleitung die hochgelegenen Bereiche des zehnten und zwölften Bezirks zu versorgen, die sonst nicht erreicht werden konnten. Sein Standort ist die Kuppe des Wienerbergs. Er ist 67 Meter hoch, den Wetterhahn, der auf der Dachkuppel befestigt ist, miteingerechnet. Nicht unbedingt ein Zufall, dass die Spitze der Fahnenstange um einen Meter höher liegt als der Adler des Stephansdoms.
Vom Eingang führt eine spiralförmige Rampe, 203 Meter lang, der Außenmauer entlang bis unter das Dach, wo auf einem Mauerzylinder in 21 Meter Höhe der acht Meter hohe, tausend Kubikmeter Trinkwasser fassende Stahlblechhochbehälter sitzt. Darunter umrundet ein kleinerer Ringbehälter, Fassungsvermögen 200 Kubikmeter, die auf dem Kopf stehende Kegelspitze des Hauptbehälters. Der kam während Reinigungs- oder Reparaturarbeiten am Hauptbehälter zum Einsatz. Das Wasser wurde von durch Dampfmaschinen betriebenen Tauchkolben, die in einem Nebengebäude untergebracht waren, in die Höhe gepumpt. Von dort floss es zu Anschlüssen in Meidling und auf dem Wienerberg.
Der Blick auf den gefüllten Behälter ist nur noch auf alten Fotos zu sehen. Darauf wirkt er wie ein aus allen Himmelsrichtungen beleuchteter, künstlicher Gebirgsee, der die kunstvoll ausgelegte Decke spiegelt. Ein herrliches Bild. In der Realität ist der Wasserturm längst zu einem Kulturdenkmal umgewidmet, steht als Prototyp für den „Industriellen Historismus" selbst unter Denkmalschutz. Seit 1956 ist er, wenn auch nach wie vor betriebsfähig, nicht einmal in Ausnahmefällen mehr in Betrieb. Im Erdgeschoss hämmern Kunsthandwerker. An den Wänden hängen, von der Spiralrampe aus zu besichtigen, Monat für Monat neue Ausstellungsobjekte.
Aber dort oben, unter dem 60 Grad steilen Kegeldach, wo auf einer Holzschalung die glasierten Dachziegel befestigt sind. Eine Wendeltreppe führt zu einem kleinen Balkon, einen Meter breit, schwarzes, gusseisernes Geländer. Atemberaubender Blick auf (fast) alles, worüber dieses Buch erzählt. Die Stadt, vom Wienerberg aus gesehen. Der aristokratische Schwung der Wienerwaldhügel im Westen mit den kleinen Kronen am Wilheminen-, Kahlen- und Leopoldsberg. Die dunstigen Weiten Transdanubiens, aus denen die Satellitenstädte und das Müllzelt herausragen. Der frisch gesetzte Strauß Wiener Hochhäuser an der Pforte nach Osten. Und bevor du einmal rundherum gegangen bist, der lange Blick auf den glänzenden Schneeberg, der sich jetzt im klaren Vormittagslicht schön für uns macht.
Während die „Abkehr" in die finale Phase geht, wird in Kaiserbrunn der Schieber schon wieder geöffnet. Ein interessantes Gefühl: mit Gummistiefeln und einer Leuchte auf

dem Kopf im Inneren der Wasserleitung zu stehen, tief gebückt, weil die Leitung nicht vorrangig für das bequeme Marschieren des Betriebspersonals geplant wurde; und zu wissen, dass ein entschlossener Schwall Wasser demnächst hier eintreffen wird. Andererseits gehört das improvisationsreiche Wirtschaften ins Pflichtenheft des Managements. Denn auch Sonder- und Notfälle müssen kalkuliert werden, etwa die Möglichkeit eines dauerhaften Ausfalls einer Hochquellenwasserleitung.
Die Stadt braucht ihr Wasser, so oder so.
Daher wird permanent an Ersatzmöglichkeiten gearbeitet, wie der durchschnittliche Tagesbedarf Wiens, etwa 400.000 Kubikmeter Wasser unter allen Umständen bereitgestellt werden kann.
So wird jede Abschaltung einer Hochquellenwasserleitung auch zu einem möglichen Blick in die Zukunft.
Seit 1998 besitzt das Grundwasserwerk Moosbrunn die Betriebsbewilligung. Es verfügt über zwei Horizontalfilterbrunnen und einen Wasserbehälter. Eine zusätzliche Aufarbeitungsanlage wird demnächst realisiert. Wenn Moosbrunn langfristig ans Netz gehen soll, sind von hier 30.000 Kubikmeter Wasser täglich zu erwarten. Bei kurzfristigen Einsätzen kann die Förderung auf bis zu 64.000 Kubikmeter erhöht werden.
In Planung ist das Wasserwerk Kleehäufel in Floridsdorf. Es soll die Wasservorräte der Brunnenfelder Donauinsel und Nußdorf erschließen und diese gemeinsam mit dem Wasser der Lobau zentral auf höchstes Qualitätsniveau heben. Das Werk Kleehäufel könnte nach Fertigstellung 172.800 Kubikmeter Trinkwasser pro Tag liefern: eine beruhigende Dimension.
Das Ziel in der täglichen Versorgung heißt dennoch, ganz Wien möglichst mit Hochquellenwasser zu versorgen. Aufbereitetes Grundwasser wird nur zur Abdeckung von Verbrauchsspitzen eingesetzt.
Ein wichtiger Schritt ist die Errichtung des Behälters Bisamberg. Er beseitigt ein entscheidendes Manko der Wasserversorgung. Bisher werden der 21. und 22. Bezirk nicht aus einem eigenen Hochbehälter, sondern durch donauquerende Brückenrohrstränge von der Verbindungsschiene Handelskai aus versorgt. Die 60.000 Kubikmeter, die sich hinter einer vom burgenländischen Künstler Gottfried Kumpf gestalteten Fassade verbergen, werden die Versorgungswege kürzer machen. Auch für andere Speicher fanden sich im Ausbaukonzept „Unser Wasser 2010“ Ausbaupläne. Südlich von der Jubiläumswarte im Westen Wiens sollte ein 20.000 Kubikmeter fassender Zentralspeicher gebaut werden, der 35.000 Wiener in der gelben Zone versorgen sollte.

Brunnen des Wasserwerks Nußdorf.

*UV-Desinfektionsanlage des Nußdorfer Werkes.
Aufbereitetes Donau-Grundwasser wird nur bei
Spitzenbedarfszeiten ins Wassernetz eingespeist.*

Eine Revision dieser Planungen zeigte zahlreiche Konfliktpotentiale. Ein Neubau im Wienerwald erwies sich nicht nur als teuer, er hätte, vor allem durch die Errichtung neuer Transportleitungen, auch sensible Naturschutzinteressen berührt. Stattdessen wurde entschieden, dass die Kapazitäten der bestehenden Speicher Jubiläumswarte, Steinbruch und Michaelerberg ausgebaut werden. Die Arbeiten am Michaelerberg, wo die Kapazität von 380 auf 4000 Kubikmeter mehr als verzehnfacht wird, sind bereits abgeschlossen.
Im Pumpenraum auf dem Rosenhügel stehen sechs hellgrüne Biester, wehe wenn sie angeworfen. Rote Rohre führen in den Boden. Bei voller Leistung transportieren die massiven Wasserpumpen 260 Liter pro Sekunde vom Rosenhügel in die höher gelegenen Versorgungsbehälter.
„Hinauf in die Braune und Rote", sagt ihr Operateur, ein originaler Donaustädter mit elaborierten Tätowierungen auf den Oberarmen.
Was heute sonst noch los ist? Es ist ein wunderbarer Frühsommertag im Mai. Die Eisheiligen haben heuer völlig ausgelassen. Wer kann, macht einen Abstecher ins Schwimmbad, aber wer kann das schon?
„Ja", sagt der Operateur und wirft einen Blick auf den Computerbildschirm, der ihm Aufschluss über die Wasserbewegungen in seinem Einzugsgebiet gibt. „Der vom Krapfenwaldl hat heut' auch schon einmal kräftig nachgefüllt..." Soll heißen: Das Krapfenwaldlbad in Wien 18 hat sich aus dem nahe gelegenen Behälter eine ansehnliche Portion Wasser für die Spülung der Schwimmbecken besorgt, und „...dann rasselt der Pegel obe."
Sonst noch besondere Vorkommnisse?
„Ein paar Anrufe aus dem Neunzehnten. Das Wasser war braun."
Ursache?
„Vermutlich ist das Wasser zu lange in den Hausleitungen gestanden. Wir liefern das Wasser nur bis zum Hausanschluss. Was in den Häusern selbst passiert, dafür sind die Eigentümer oder Hausverwaltungen zuständig."
Warum lächeln Sie so?
Der Operateur schüttelt grinsend den Kopf: „Weil Anrufe aus dem dreizehnten, achtzehnten oder neunzehnten Bezirk viel häufiger sind als von sonstwo."
Ursache?
„Die besseren Leut' regen sich halt leichter auf. Aber das ist nur meine Privatmeinung."
Ach ja?

„Wissen Sie, ich war früher Autobuschauffeur. Wenn man da im Zweiten oder im Zwanzigsten mit wem einen Wickel gehabt hat, gabs ein paar heftige Worte, aber das war's dann. Wenn so was im Achtzehnten passiert ist, kam gleich ein Brief vom Rechtsanwalt."

So heftig?

„Also gut, Briefe vom Rechtsanwalt kriegen wir beim Wasserwerk nicht. Aber es kommt schon vor, dass jemand, dem das Wasser grad nicht schmeckt, weil es zu lang in der Leitung gestanden ist, damit droht, dass er den Bürgermeister einschaltet."

Das Rohrnetz in Wien ist 3261 Meter lang und erreicht 100.378 Hausanschlüsse. Dort sind die Wasserzähler montiert. Dahinter verzweigen sich die Hausleitungen in die einzelnen Wohnungen. Sechs Kilometer wurden im vergangenen Jahr neu verlegt, 26,8 Kilometer ausgewechselt.

Diese Erneuerungsrate liegt im Schnitt der letzten 30 Jahre. Immerhin ist das Wiener Rohrnetz mehr als 125 Jahre alt. Die Wasserleitungen liegen in den Straßen unter den Strom- und Telefonleitungen, mindestens einen Meter fünfzig tief, über den Abwasserkanälen. Seit 1970 wird die Netzerneuerung offensiv betrieben, um die Verluste von Trinkwasser wegen defekten oder undichten Leitungen wirksam einzudämmen. Gingen in den siebziger Jahren noch 25 Prozent des nach Wien gelieferten Wassers verloren, was der Förderleistung einer reichlich sprudelnden Quelle entspricht, sind es heute nur noch acht bis zehn Prozent. Allein für das Jahr 2001 beziffert die zuständige Magistratsabteilung 31 die „festgestellten und eingesparten Wasserverluste" mit 1.339 Kubikmeter pro Tag.

Eine eigene Abteilung des Wasserwerks ist täglich auf der Suche nach undichten Stellen. Es handelt sich dabei um jene Herrschaften, die mit einem überdimensionalen Stethoskop mitten auf dem Gehsteig stehen und den Boden abhören. Wer diese Spürhunde bisher für Absolventen einer esoterischen Akademie hielt, die herausfinden wollten, was die Straße ihnen zu sagen hat, muss sich also eines Besseren belehren lassen. Auch die Technik der Rohrsanierung hat in den letzten Jahren rasante Fortschritte gemacht. War bis vor kurzem zum Ersetzen eines defekten Rohrs das Aufgraben der Straße oder des Gehwegs notwendig, kommen moderne Sanierungen ohne Gräben aus. Die Wiener Wasserwerke konzentrieren sich vor allem auf das „Rohrausziehverfahren" mit dem Firmennamen Hydros®. Dabei wird der alte Rohrstrang von einer hydraulischen Zugmaschine aus dem Erdreich gehieft, während unmittelbar nachlaufend ein zugfest verbundener neuer Rohstrang in derselben Rohrtrasse verlegt wird.

Wasserzähler-Ablesung in der Wiener Hofburg.

Wasserwerk-Mitarbeiter im Einsatz. Von links oben im Uhrzeigersinn: Lastverteilungszentrale, Abkehr in der II. Wiener Hochquellenleitung, elektronische Lecksuche, Notversorgung durch Wasserwagen.

Gleichzeitig kommen unter anderem aber auch Sanierungsverfahren mit Zementmörtel oder Rohreinlegungsverfahren zum Einsatz. Dennoch rückt die Bereitschaftsgruppe des Wasserwerks täglich im Durchschnitt zehnmal aus, um Defekte im Wassernetz zu beheben. Wenn in belebten Gebieten das Wasser abgesperrt werden muss, zeigt sich einmal mehr, wie sehr das öffentliche Leben in der Stadt ohne Wasser lahmgelegt wird. Ein Zahnarzt, der alle zehn Minuten eine stöhnende Kundschaft nach Hause schicken musste, der er nicht den Mund ausspülen konnte, soll sogar persönlich im Wasserwerk aufgetaucht sein, um den Journaldienst mit vorgehaltenem Bohrer zum Öffnen der Leitung zu zwingen.

Exkurs II. Das Wasserwerk.

Wien VI, Grabnergasse 4-6, von außen ein normales Amtshaus, breiter Stiegenaufgang, beschäftigter Portier, lange Gänge nach links und rechts. Zwei Stiegen tiefer, gesichert hinter Alarmmeldern und wuchtigen Stahltüren, die Lastverteilungszentrale. Hier schlägt das Herz der Wiener Wasserversorgung.

Unter einem silbrigen Deckendekor wuchtige Schreibtische aus Holz, in langer Reihe nebeneinander angeordnet. In der Mitte ein imposantes Schaltpult, leicht nach vorne versetzt. Blick auf einen überdimensionalen, schematischen Stadtplan der Stadt Wien. Kleine Sichtfenster dort, wo Wiens Wasserbehälter stehen.

Rote Leuchtdioden melden den Pegelstand des jeweiligen Speichers.

In der Ecke eine Zimmerpflanze. Hydrokultur.

In Wahrheit ist die wuchtige Inszenierung dieses Raumes nur noch Folklore. Längst funktioniert die Steuerung von Wiens Wasserbedürfnissen nur noch per Computer. Auf drei Monitoren sind auf einem Blick die wichtigsten Daten abzulesen.

Wie groß ist der Bedarf?

Wieviel Wasser liefern die Quellen?

Wie voll sind die Behälter?

Der Rest ist eine Mischung aus Routine, Planung und ein, zwei Unbekannten.

Wie wird das Wetter im Quellgebiet?

Wird es regnen, schneien?

Steigen oder sinken die Temperaturen?

Wie wird das Wetter in Wien?

Werden die Freizeitsportler ausschwärmen und anschließend unter der Dusche stehen?

Haben die Kleingärtner das Gefühl, dass sie ihren Rasen wieder einmal ordentlich sprengen müssen?

Koeffizienten wie diese beeinflussen ganz entscheidend Wiens Tagesbedarf an Wasser, und die Unterschiede sind beachtlich. Der Tag mit dem höchsten, ausgewiesenen Wasserverbrauch im Jahr 2001 war der 10. Juli, ein heißer, prächtiger Sommertag. Verbrauch: 510.780 Kubikmeter Wasser.

Menschen gingen baden, radfahren, joggen, duschen, gossen ihre Blumen, kühlten sich mit dem Schlauch im Garten ab.

Nach unten schlug das Pendel am 25. Dezember aus. Am Christtag 2001 verbrauchten Wiens Menschen nur 311.010 Kubikmeter – ein Koeffizient, an dem sich unter anderem auch die Privatheit dieses ersten, wirklichen Weihnachtsfeiertags ablesen lässt.

Über die Computerbildschirme des Wasserwerks flimmert ein besonderes EKG der Stadt Wien. Die Stadt und ihr Wasser. Wann braucht Wien viel, wann wenig Wasser?

Anders gefragt: Wann lebt die Stadt?
Wann trinkt die Stadt?
Wann kocht die Stadt?
Wann schläft sie?

Das entsprechende Diagramm – horizontal die Uhrzeit, vertikal der Wasserverbrauch – hat, wie die Grafik eines Herzschlags, eine stets wiederkehrende, ähnliche Gestalt. Am wenigsten Wasser wird zwischen zwei und vier Uhr früh verbraucht. Die Stadt schläft. Dann regt sich die Kurve, hebt den Kopf, strebt nach oben.

Die Frühdienstler, die den Aufbruch in den neuen Tag vorzubereiten haben. Spätestens gegen halb sechs kommt ernsthaft Bewegung in die Stadt. Die Menschen, deren Arbeitstag bereits um sieben Uhr beginnt, müssen aus den Federn, auf die Toilette, unter die Dusche, kochen sich Kaffee oder Tee und eilen aus dem Haus.

Es folgen die Eltern, die ihre Kinder für die Schule parat machen müssen, die Lehrer, die Büroangestellten. Der Blick auf die Kurve macht klar, dass die Stadt spätestens um acht millionenfach aufgestanden ist. Kunststück, irgendwoher müssen ja die Fahrer der Autos kommen, die um diese Zeit die Straßen der Stadt verstopfen.

Der Wasserverbrauch pendelt sich auf hohem Niveau ein, lässt am späteren Vormittag etwas nach, um zu Mittag, wenn aller Orten im großen Topf die Nudeln kochen, wieder anzusteigen. Um diese Zeit sind zwei Drittel der täglichen 400.000 Kubikmeter schon wieder auf dem Weg in die Kanalisation.

Deutliches Absinken des Wasserverbrauchs am Nachmittag. Dann das Hochfedern der Kurve gegen sechs, halb sieben zeigt, dass in Österreich erstens zeitig zu Abend gegessen wird und dass sich die meisten Hungrigen vor dem Essen auch die Hände waschen.

1
2
11
12

Präzision ist die Devise in der Wasserzähler-Werkstätte in der Kliebergasse im 5. Bezirk. Nach dem österreichischen Eich- und Messgesetz müssen die Wasserzähler Wiens alle 3 Jahre gereinigt, falls nötig repariert und vor allem geeicht werden, um die korrekte Messung der Wasserdurchflussmenge in jedem Haushalt feststellen zu können.

Innovationen in der Bauindustrie: Das lästige Aufgraben von Straßenzügen zur Verlegung von Rohren entfällt, seit mit der Technik der Rohrverpressung von zentralen Schächten aus Mikrotunnels gebohrt und in diese Rohrleitungen verpresst werden.

Auf die Schnelligkeit des Einsatzes kommt es an. Wasserrohrbrüche stellen für die Wasserversorgung Wiens eine Alarmsituation dar. Damit wertvolles Trinkwasser nicht allzu lange unkontrolliert verloren geht, müssen die Reparaturarbeiten sofort eingeleitet werden.

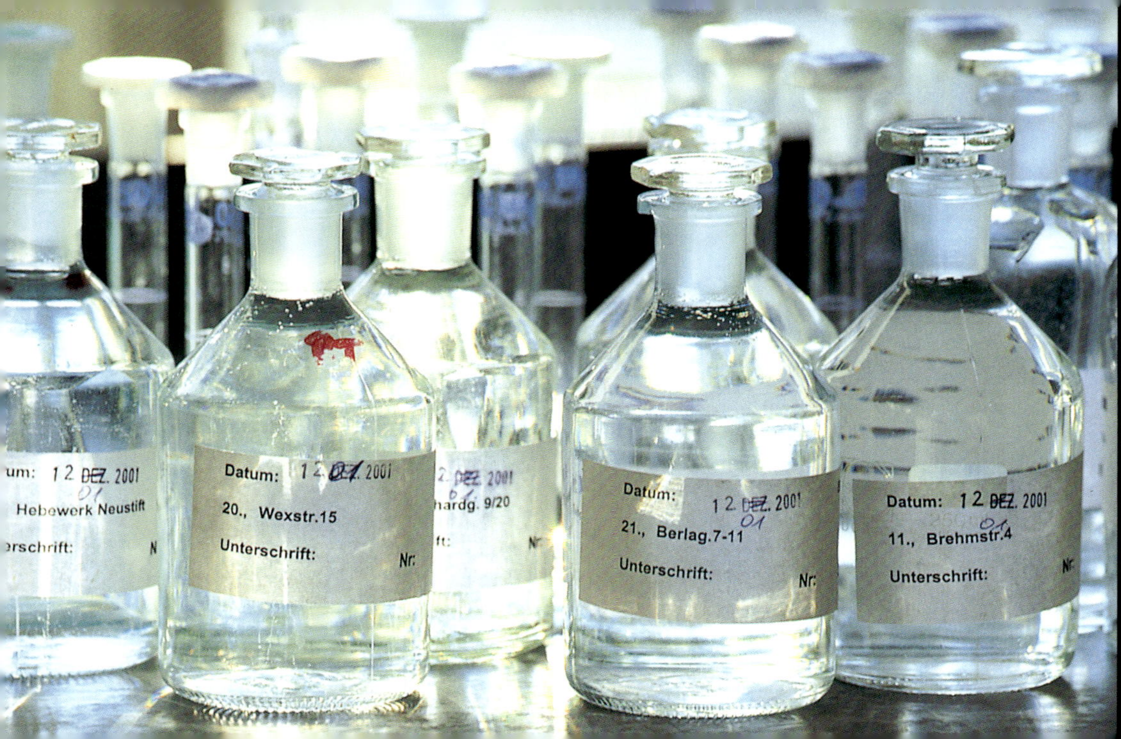
Hebewerk Neustift
Datum: 12 DEZ. 2001
20., Wexstr.15
Unterschrift:
Nr:
Datum: 12 DEZ. 2001
21., Berlag.7-11
Unterschrift:
Nr:
Datum: 12 DEZ. 2001
11., Brehmstr.4
Unterschrift:
Nr:

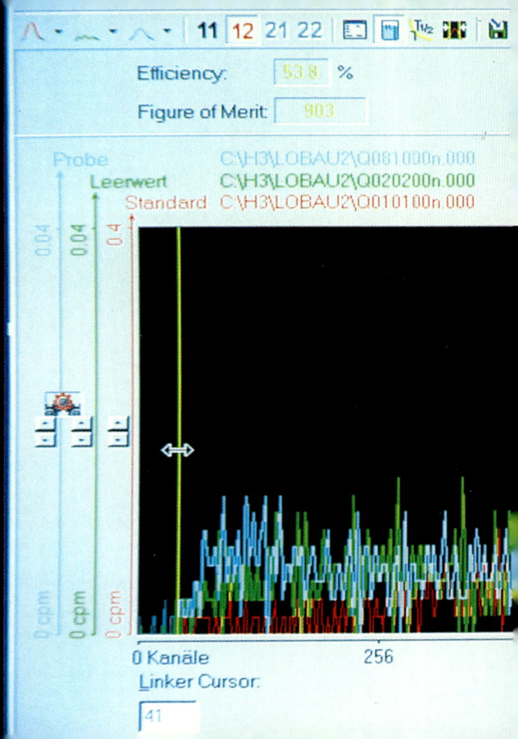
11 12 21 22
Efficiency: 53.8 %
Figure of Merit 903
Probe C:\H3\LOBAU2\Q081000n.000
Leerwert C:\H3\LOBAU2\Q020200n.000
Standard C:\H3\LOBAU2\Q010100n.000
0.04
0.04
0.4
0 cpm
0 cpm
0 cpm
0 Kanäle
256
Linker Cursor:
41

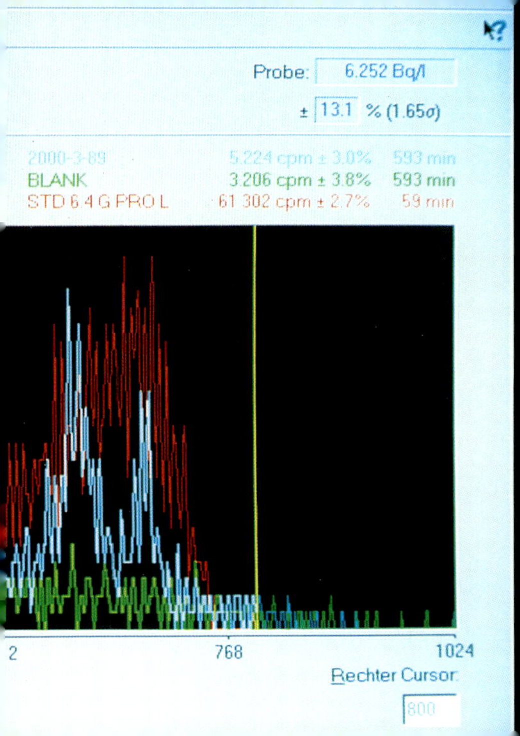
Probe: 6.252 Bq/l
± 13.1 % (1.65σ)
2000-3-89 5.224 cpm ± 3.0% 593 min
BLANK 3.206 cpm ± 3.8% 593 min
STD 6.4 G PRO L 61.302 cpm ± 2.7% 59 min
2
768
1024
Rechter Cursor
800

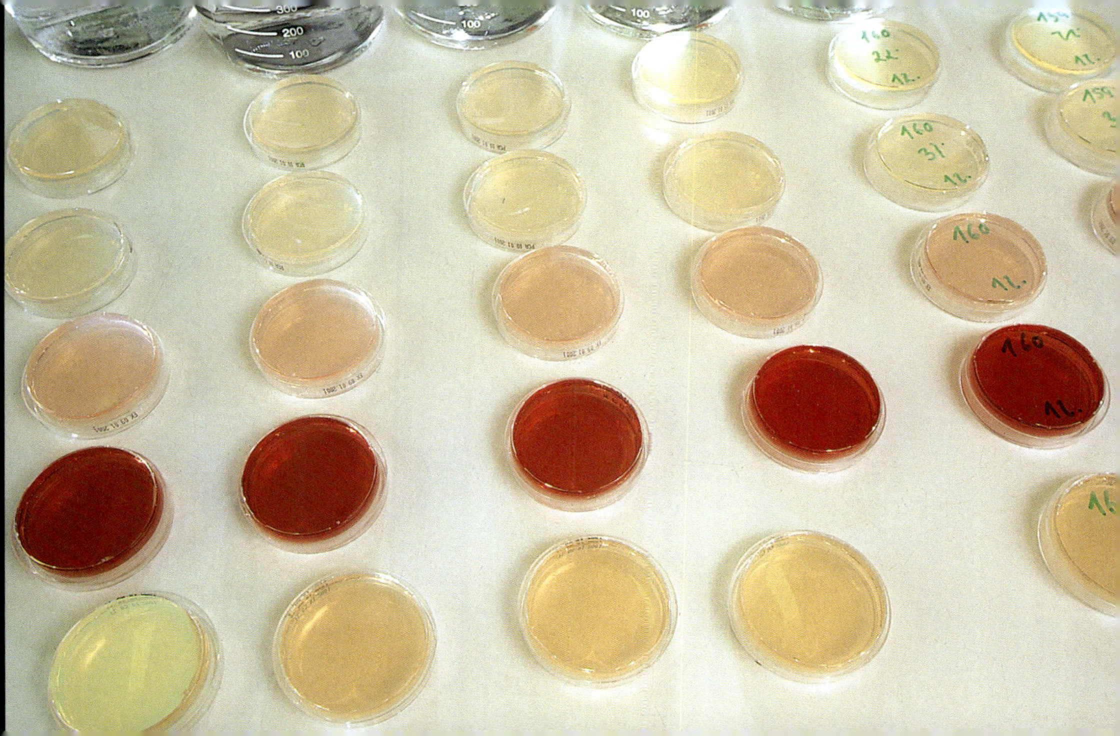

Dann Baisse. Ein neuer Ausschlag kurz vor der Schlafenszeit um zehn, halb elf, vielleicht, wenn es ein schweißtreibender Tag war, noch eine Dusche, sicher ein letzter Gang aufs Klo. Dann lässt das Niveau des Wasserverbrauchs endgültig nach, kleine Ausschläge nach oben künden vom jüngeren, urbanen Publikum, das sich noch die Nachrichten um Mitternacht im Fernsehen anschaut und anschließend schlafen geht. Dann sinkt der Wasserverbrauch kontinuierlich auf seinen täglichen Tiefststand.

Jetzt schläft Wien wieder.

Die Kurve verrät interessante Details aus dem Leben der Stadt. Sie erzählt viel über die Gewohnheiten ihrer Bewohner, wann sie schlafen, wann sie essen, wann sie aufstehen. Kaum ein anderer Indikator gibt so genau Auskunft über Wiens privates Leben.

Dabei war es schon einmal einfacher, gewisse Besonderheiten aus dem Wasserverbrauch herauszulesen. In den Jahren, als das Fernsehen seinen Siegeszug längst angetreten hatte, in Wien jedoch nur die Programme des österreichischen Rundfunks zu empfangen waren, konnte man auf der Tageskurve punktgenau ablesen, wann der Krimi zu Ende war und die Werbung begann.

Spezialauskünfte wie diese sind heute, im Zeitalter des Kabelfernsehens, kaum mehr möglich. Ausnahme: große Sportereignisse. Eine Olympiaabfahrt hinterlässt in den Wasserspeichern Wiens nach wie vor ihre Spuren, so wie auch ein Fußball-Länderspiel Deutschland gegen Österreich. Vielleicht auch deshalb, weil so vielen Fans nach der 2:6 Schlappe vom letzten Vor-WM-Testspiel unserer Nachbarn schlecht geworden ist. Eine kleine Ausbeulung der Kurve, in der Nacht von Samstag auf Sonntag, zwischen eins und zwei in der Früh, die ganz signifikant von der Unter-der-Woche-Wasserkurve abweicht, hat übrigens einen netten, typisch wienerischen Namen bekommen: das „Diskotheken-Wimmerl". Damit bezeichnen die Auskenner vom Wasserwerk das offensichtliche Phänomen, dass Wiener, die am Samstag Abend kräftig ausgegangen sind, mitten in der Nacht das Bedürfnis haben, noch einmal zu duschen und dann schlafen zu gehen – allein, oder heute Abend auch einmal zu zweit.

Das Österreichische Gesellschafts- und Wirtschaftsmuseum hat sich übrigens die Mühe gemacht, jene 150 Liter Wasser, die jede Wienerin, jeder Wiener pro Tag verbraucht, statistisch nach Verwendungszweck aufzuschlüsseln.

Das Resultat ist einigermaßen ernüchternd. An der Spitze dieser Wertung steht das Wasser, das für die Toilettenspülung verwendet wird (48 Liter). Gefolgt wird es von der Menge, die wir beim Baden und Duschen verwenden (43 Liter). 18 Liter brauchen wir zum Wäschewaschen, die Körperpflege kommt mit neun Liter aus, das Geschirrspülen mit sechs, mit genauso viel wie die Gartenbewässerung. Nur drei Liter Trinkwasser brauchen wir übrigens, um damit zu kochen und es tatsächlich auch zu trinken – das ist dieselbe Menge, die wir auch fürs Autowaschen verwenden.

Der Anspruch an die Qualität des Wiener Hochquellenwassers ist dennoch so hoch wie kaum in einer anderen Großstadt. Während es in vielen vergleichbaren urbanen Gebieten selbstverständlich ist, dass Trinkwasser im Supermarkt eingekauft werden muss, präsentiert Wien sein Wasser stolz als politische und gesellschaftliche Errungenschaft. Selbst bei offiziellen Besuchen kredenzt Wiens Bürgermeister seinen Gästen gern ein Gläschen Hochquellenwasser. Von Lady Di, mit Prinz Charles seinerzeit Gast von Bürgermeister Helmut Zilk, ist daher auch der freundliche Spruch überliefert, sie habe noch nie im Leben so gutes Wasser getrunken. Das konkurriert auf freundliche Weise mit dem Gerücht, Michael Schumacher habe noch nie mit so gutem Wasser seinen Ferrari gewaschen.

Die sprichwörtliche Qualität von Wiens Wasser lässt sich natürlich nicht allein nach seinem Geschmack beurteilen. Hier einige Hard Facts:

- Das Wiener Leitungswasser wird gemäß der Verordnung über die Qualität von Wasser für den menschlichen Gebrauch, Bundesgesetzblatt II Nr. 304/2001, sowie nach den Vorgaben des Kapitels B1 des Österreichischen Lebensmittelbuches (Codex Alimentaris Austriacus) überprüft und beurteilt. Beide Vorgaben basieren auf der EU-Trinkwasserrichtlinie.
- Trinkwasser gilt als Lebensmittel und unterliegt dem Lebensmittelrecht. Die EU sieht dafür bakteriologische, virologische, biologisch-mikroskopische, radiologische und physikalisch-chemische Überprüfungen vor, die – je nach Menge des abgegebenen Wassers – in kleinerer oder größerer Regelmäßigkeit durchgeführt werden müssen. Der Befund für das Wiener Hochquellenwasser ist erstklassig. Weil die Wasservorkommen in fast menschenleeren, gut geschützten Gebieten liegen, sind sie nahezu „frei von den bekannten Verschmutzungsgradienten aus Industrie und Gewerbe. Allerdings stellen Luft-Schadstoffverfrachtungen eine ernstzunehmende Bedrohung dar, ebenso wie Touristik, Landwirtschaft, Viehzucht und Almbewirtschaftung."
- Gegen bakteriologische Verunreinigungen, die im Karstgebirge dann möglich werden, wenn „bei starkem Wasserandrang, wie bei Schneeschmelze und starken Gewittern, infolge Einschwemmungen von der Erdoberfläche die Bakterienzahlen im Wasser ansteigen", geht das Wasserwerk, wie von den hygienischen Sachverständigen vorgeschrieben, „mittels Chlor und Chlordioxid" vor.

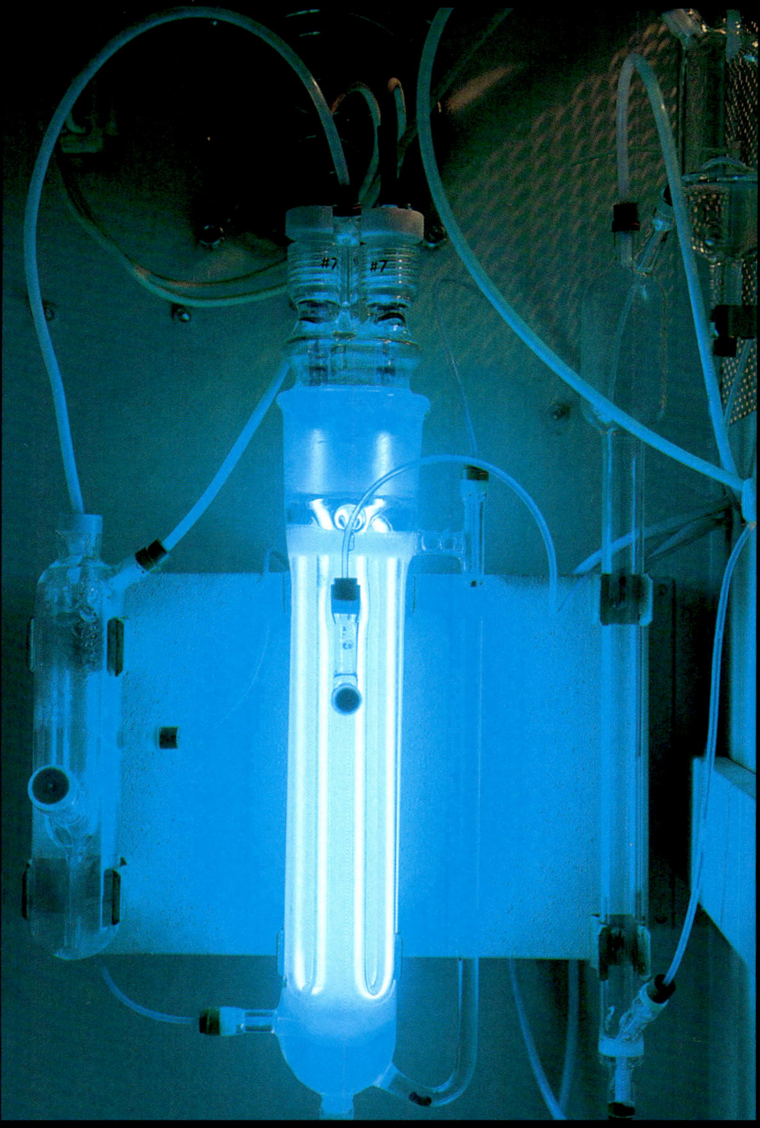

Permanente Qualitätsprüfungen als Voraussetzung für sauberes Wasser:
manuelles Messgerät zur Bestimmung des Kaliumpermanganatverbrauches (links),
automatisches Messgerät zur Prüfung des organischen Kohlenstoffgehalts im Wasser.

- Das Hochquellenwasser wird „durch seinen geringen Gehalt an Calciumhydrogencarbonat charakterisiert“, ist also weich oder nur mäßig hart. Nitrate – in den ländlichen Gegenden wegen Überdüngung des Bodens oft ein ernstes Problem – lassen sich fast keine nachweisen.
- Das Wasser aus dem Brunnenfeld Lobau kann mit dem Hochquellenwasser nicht in allen Bereichen mithalten, wenn auch auf gutem Niveau. Es stammt aus dem Grundwasserbegleitstrom der Donau und wird durch den schottrig-sandigen Boden der Au gefiltert. Bakterienverunreinigungen kommen nur bei Hochwasser vor, wenn das Werk ohnehin seinen Betrieb eingestellt hat.
- Ein Risiko für das Lobauer Wasser stellen hingegen chemisch gelöste Schadstoffe aus der Donau und die starken Mineralöl-Kontaminationen des Bodens im Gebiet von Ölhafen und Zentraltanklager dar. Die Untere Lobau wurde daher von der industriell genützten Oberen durch eine Sperrbrunnenreihe gesichert. Das Lobauer Wasser ist härter als das Hochquellenwasser und mäßig mit Chloriden und Sulfaten belastet. Wenig Nitrate. Sobald Grundwasser aus der Lobau tatsächlich ins Netz gespeist wird, wird auch in kürzeren Abständen kontrolliert.
- Durchgeführt werden die hygienischen Überprüfungen des Wiener Leitungswassers durch das Institut für Umweltmedizin. Dieses, bereits 1908 gegründet, um die Standards der Wiener Wasserversorgung festzulegen, ist Teil der Wiener Gesundheitsbehörde. Die Pestizid- und Nitratwerte werden gemäß der Trinkwasserverordnung BGBl. II Nr. 304/2001 §6 veröffentlicht und im Internet (www.wienwasser.at) einmal jährlich aktualisiert, zahlreiche andere Werte sogar vierteljährlich.
- Auch die Wasserhärte wird von den Konsumenten aufmerksam beobachtet. Sie ist davon abhängig, wie viele Mineralien das Wasser aus dem Boden aufnimmt. Die Härte von Wiens Wasser differiert. Das Hochquellenwasser gilt mit seinen Werten zwischen sechs und elf Grad deutscher Härte als weich, das Grundwasser aus der Lobau kann bis zu vierzehn Grad haben, also mäßig hart sein. Ein Grad deutscher Härte (dH) bedeutet, dass sich zehn Milligramm Kalziumoxyd (CaO) in einem Liter Wasser befinden.

Je härter das Wasser, desto mehr Waschmittel muss beim Wäschewaschen verwendet werden. Haushaltsgeräte, die permanent mit hartem Wasser betrieben werden, verkalken schneller. Eine Übersicht über die Wasserhärte der einzelnen Bezirke ist ebenfalls auf www.wienwasser.at zu finden oder telefonisch unter 59959-329.. zu erfragen. Durchwahl 01 bis 23, je nach Bezirk.

Es ist kein Wunder, dass im Mittelalter auf das Brunnenvergiften die schrecklichsten Strafen ausgesetzt waren. Die unsichtbare Gefahr, die im Trinkwasser lauern kann, ist für viele Konsumenten selbst heute, unter völlig anderen hygienischen Voraussetzungen, bedrohlich genug.

Auch wenn die Stadt Wien in vielen Bereichen vorbildliche Arbeit leistet, um seine Einwohner mit optimalem Wasser zu versorgen, ist eine ernst zu nehmende Gefahrenquelle noch immer nicht beseitigt: jene Hausanschlussleitungen aus Blei, die zum größten Teil noch vor 1938 installiert wurden. Die Kontrolle dieser Leitungen fällt, was die Lage nicht einfacher macht, in unterschiedliche Verantwortungsbereiche.

Leitungen vom Rohrnetz in der Straße bis zum Wasserzähler im Haus sind Angelegenheit der Wasserwerke. Hausinstallationen müssen vom Hauseigentümer betreut werden. Bleileitungen sind deshalb problematisch, weil sich Bleimoleküle aus der Leitung lösen und, gemeinsam mit dem Wasser genossen, gesundheitsschädlich sein können.

Bei täglicher Aufnahme von wenigen Mikrogramm können bei Kindern chronische Vergiftungen mit Schwächegefühl, Appetitlosigkeit, Nervosität und Störungen der geistigen Entwicklung entstehen. Höhere Konzentrationen führen zur „Bleivergiftung" mit Übelkeit, Erbrechen, Koliken, Nierenversagen, Leberschäden und „Bleisaum" an den Zähnen.

Absurderweise fördert die Weichheit des Wiener Wassers diese Gefahr. Während sich bei hartem Wasser nach jahrelangem Gebrauch eine Kalkschicht innerhalb der Leitung bildet, die gegen die Ablösung von Bleimolekülen schützt, schließen die Wiener Wasserwerke vor allem bei Stagnationswasser eine tatsächliche Bleibelastung nicht aus. Damit ist Wasser gemeint, das nach längeren Abwesenheiten, nach einem auswärts verbrachten Wochenende oder den Ferien, in der Leitung steht. Dort, so die Warnung, „kann die Bleikonzentration über den erlaubten Grenzwert ansteigen."

Die beste Gegenmaßnahme gegen die anachronistische Gefahr besteht selbstverständlich im Auswechseln der betroffenen Leitungen. Im Wiener Trinkwassernetz gibt es davon immerhin noch 11.000 Stück. Sie sollen, so die Auskunft der Wiener Wasserwerke, bis spätestens 2008 erneuert sein. Vorrangig behandelt wurden Häuser, in denen Kindergärten und Kindertagesheime untergebracht sind. Dort ist das Problem seit 2001 behoben.

Nach wie vor befinden sich jedoch Bleiinstallationen im Inneren vieler Wiener Altbauten. Vor allem in Gründerzeithäusern sind oft nur die Steigleitungen erneuert worden, während in den Wohnungen noch immer alte Bleileitungen liegen. Das Institut für

HIER
ÖFFNEN

Ästhetik für die Einstiegstellen von der Ober- in die Unterwelt:
Die Kanaldeckel Wiens liegen wie die Jahresringe
abgelaufener Industrieepochen in den Straßen.

Handarbeit für die Pflege des Wassernetzes:
Stiefelmacher für das Spezialschuhwerk der Kanalbrigade.

Nicht ganz unbekannte Unterwelt beim Karlsplatz: Hier trieb bereits der „Dritte Mann“ im Film von Orson Welles sein Unwesen.

Verwehte Wasserwerksgeschichte I:
Abmontierte Wasserzähler früherer Generationen.

Verwehte Wasserwerksgeschichte II:
Panoptikum von Hydranten und Wasserauslässen.

Umweltmedizin bietet für Mieter, die sich darüber Klarheit verschaffen wollen, günstige Bleiuntersuchungen an; gleichzeitig flankiert auch die EU das Problem mit dem deutlichen Senken von Grenzwerten für Blei im Trinkwasser.
Mit einiger Grandezza begleitet der Wienfluss die Einfallstraßen aus dem Westen in die Stadt. In den früheren Überlaufbecken zwischen Hütteldorf und Hadersdorf sind dieser Tage, im Frühjahr 2002, zahlreiche Baumaschinen aufmarschiert, um die Einfahrt für den Wienerwaldtunnel zu bauen, der eines Tages die Westbahn zum neuen Wiener Zentralbahnhof führen soll.
Auf dem Weg in die Innenstadt sehen wir versprengte Bauten des Stadtbaumeisters Otto Wagner, ehemalige Stadtbahnstationen, die fantastische Gürtelbrücke zwischen den Stationen Längenfeldgasse und Gumpendorfer Straße. Kurz vor dem Naschmarkt verschwindet „die Wien", wie sie ihre Anwohner nennen, im Untergrund, unterquert den Karlsplatz, um schließlich in ihrem fantastischen Gerinne im Stadtpark wieder ans Tageslicht zu kommen.
Dieser Einstieg in die Unterwelt faszinierte Orson Welles, einen der größten Regisseure der Filmgeschichte, so heftig, dass er seinen „Dritten Mann" im Bauch von Wien spielen ließ. Ein kunstvolleres Werk über Wiens Kanalisation wird es nie mehr geben, und wer könnte das von Anton Karas auf der Zither intonierte „Harry Lime Theme", den Sound zum Film, jemals vergessen?
So süß die Melodie, so wenig einladend der Weg in den Alltag von Wiens Entsorgung.
In der stadthygienischen Eisenzeit brachten Wiens Bäche und Flüsse Nutzwasser in die Stadt und nahmen die Abwässer mit. Die Frage nach der Sauberkeit von Wiens Flüssen stellte sich niemand.
Als die Stadt wuchs, sich über die Stadtmauern ausdehnte und die Vorstädte eingemeindete, wurde Wiens Wasser proportional schlechter. Die hygienischen Zustände lagen im Argen. Immer mehr Menschen gingen an den Folgen von Krankheiten zugrunde, deren Erreger sich im Trinkwasser versteckten. Wie das Problem der Versorgung mit sauberem Trinkwasser angepackt wurde, ist bekannt. Dass die moderne Stadt die Trinkwasserversorgung durch eine zeitgemäße Kanalisation und Klärung der Abwässer flankieren musste, ist eine zweite Wahrheit. Schließlich müssen die erklecklichen Mengen von 400.000 Kubikmeter Trinkwasser nach Gebrauch täglich zurück in den natürlichen Wasserkreislauf geführt werden.
Seit 1980 ist für dieses ehrgeizige Projekt die Hauptkläranlage Wien zuständig. Diese Intensivstation reinigt etwa 95 Prozent der Wiener Abwässer, die inklusive der Indus-

trieabwässer eine Menge von 500.000 Kubikmeter ausmachen. Damit ist die Kläranlage noch nicht ausgelastet. Ihre Kapazität wurde für eine Stadt mit 2,5 Millionen Einwohnern großzügig bemessen. Wien darf, von hier aus betrachtet, durchaus noch ein bisschen wachsen.

Die in ganz Wien über die Kanalisation gefassten Abwässer werden im ersten Schritt in die Hauptsammelkanäle der Kläranlage eingeleitet. Im Schotterfang werden zuerst einmal die Grobstoffe aus dem Wasser entfernt. Sechs Schneckenpumpen mit einer Leistung von 24 Kubikmeter Flüssigkeit pro Minute heben jetzt das von den gröbsten Verunreinigungen befreite Abwasser in die Rechenanlage. Dort sorgen sechs feine Rechen dafür, dass der Brühe Schwimm- und Schwebstoffe entnommen werden.

Hier, bei der Auswertung des im Rechen hängengebliebenen Materials, zeigt sich vielleicht am deutlichsten, was manche Wiener ihrer Kanalisation zumuten. Es finden sich nicht nur Unmengen von Zigarettenresten und Sanitärmaterial, sondern auch Glasscherben, Katzenstreu, sogar Spritzen und andere Haushaltsreste. Dieses Material wird nun entwässert und in geschlossenen Containern zur Verbrennung verbracht – genauso wie das Schotter- und das im nächsten Becken aus dem Abwasser gefilterte Sandfanggut, das vorwiegend aus Sand und Asche besteht.

In acht Becken, die ebenso wie Sammelkanäle, Schneckenpumpen und Rechenanlage geruchssicher überdacht sind, findet jetzt die letzte Stufe der mechanischen Reinigung des Abwassers statt. Die Fließgeschwindigkeit wird reduziert, die im Abwasser verbliebenen Schwerstoffe bekommen Zeit, um auf den Boden zu sinken. Dort bleiben sie als sogenannter „Primärschlamm" liegen. Dieser wird durch Räumer in Sammelrinnen geschoben und von dort zu den Eindickern gepumpt. Damit ist die mechanische Reinigung des Abwassers erst einmal erledigt. Bis zu diesem Zeitpunkt sind etwa 30 Prozent der Verunreinigungen entfernt.

Die festen Abfälle stellen keineswegs die ernsteste Gefahr für Wiens Abwasser dar. Weit gefährlicher sind die mannigfaltigen chemischen Verunreinigungen. Diesen wird nun mit biologischen Waffen begegnet.

In vier Belebungsbecken bauen spezielle Mikroorganismen den im Wasser gelösten Schmutz ab. Zur Unterstützung dieser Amöben, Urtierchen und Bakterienkulturen leiten 32 Kreiselbelüfter Sauerstoff ins Abwasser ein. Anschließend werden in 16 Nachklärbecken Wasser und Klärschlamm endgültig voneinander getrennt. Das gereinigte Wasser fließt über Zahnschwellen in den Ablaufkanal, während der verbliebene „Rücklaufschlamm" zurück in die Belebungsbecken transportiert wird, um eine weitere Runde

Die Rückseite der Wasserversorgung: Hauptkläranlage der Gemeinde Wien in Simmering. Hier wird das Wasser wieder so gut gesäubert, dass es in die Donau geleitet werden kann.

Nicht alle Rückstände im Wasser können biologisch abgebaut werden. Der anfallende Klärschlamm wird in der Verbrennungsanlage der Entsorgungsbetriebe Simmering verbrannt.

biologischer Klärung zu absolvieren. Der „Überschußschlamm" wird aus dem „Rücklaufschlamm" in die voluminösen Eindicker, Kapazität 15.300 Kubikmeter, gepumpt. Der Inhalt dieser Gefäße ist nun das Konzentrat der Verunreinigungen, die über die Kanalisation entsorgt wurden.
Dieses tritt, geruchssicher verpackt, seinen letzten Weg in die Entsorgungsbetriebe Simmering an. Dort wird es bei Höchsttemperaturen verbrannt.
Es ist ein aufregender Moment, als die Abkehr zu Ende, das Reinigungskommando aus seinem Ausstieg zurück ans Tageslicht geklettert, und die erste Hochquellenwasserleitung wieder in Betrieb ist.

Das Wasser kommt.

Es kommt nicht schnell. Ein einigermaßen trainierter Läufer kann Schritt halten mit der frischen Lieferung aus Kaiserbrunn, kann, wenn er will, von Bad Vöslau über Gumpoldskirchen bis an die Stadtgrenze von Mödling auf dem Wasserleitungsweg traben, der genau auf der Trasse des Trinkwasserkanals liegt, sogar übersichtlich beschildert als „1. Wiener Wasserleitungsweg", Wellenlogo des Wasserwerks inklusive.
Hier sind Blicke und Momente von seltener Schönheit einzufangen, auf halber Höhe des Hanges, zwischen den Weingärten, unten im Tal die alte Triester Straße und auf der anderen Seite die Wiener Hausberge, Richtberg, Anninger, Eichkogel.

Das Wasser kommt.

Im samtig feuchten Dunkel des Rosenhügel-Behälters ist noch nichts zu hören, außer dem immer leiser werdenden Rauschen, das die inzwischen sichtbar zur Neige gehende Füllung hören lässt.
Ist tatsächlich ein frisches, kühles Lüftchen zu spüren, wie in der U-Bahn-Station, kurz bevor, Achtung, zurücktreten, der nächste Zug einfährt? Oder ist es bloß Einbildung, dass von noch weit weg ein dumpfes Trommeln zu vernehmen ist, die Ankündigung, aufgepasst, jetzt nimmt die Quelle wieder Besitz von der Bahn, die man ihr gebaut hat? Eine Handvoll Wind. Sie bereitet den Weg für das Wasser, dem sie vorausgeeilt ist, das sie nicht mehr einholen konnte. Ein Rumpeln, ein Stöhnen, ein Kichern, ein Schrei, dann ergießt sich der Schwall aus Kaiserbrunn frisch und fröhlich in das Becken, und das gute Wasser aus dem Berg ist zwar noch nicht ganz am Ziel, aber fast.

Blick vom Leopoldsberg auf die Donau und die Stadt Wien. Nur komplizierte technische Abläufe garantieren das perfekte Zusammenleben von Stadt und Natur

WEGE DES WASSERS

WIENS WASSER WOHNT IN DEN BERGEN. Das ist kein pseudopoetisches Schmalz, sondern nichts als die Wahrheit. Schneebedeckte Hochebenen und Gipfel speichern so idyllisch wie anschaulich das Wasser, das im Frühjahr besonders reichlich von den Quellen geschüttet werden wird.

Die tausend Quadratkilometer der Quellschutzgebiete, aus denen die Quellen für Wien gespeist werden, erstrecken sich über durchwegs karstiges Gelände, die nördlichen Kalkalpen, deren Bogen von Vorarlberg bis zum Wiener Becken reicht.

Die Kalke und Dolomite, aus denen die Alpen aufgebaut sind, haben eine selbstzerstörerische Eigenschaft. Sie lösen sich durch die Einwirkung von CO_2-haltigem Wasser, so dass im Inneren des Gebirges zum Teil riesige Hohlräume entstehen können.

Wenn es regnet, wird das Wasser vom Karst wie ein Schwamm aufgesaugt. Wenn es schneit, bleibt es in der Schneedecke gespeichert und dringt erst später als Schmelzwasser ins Innere des Berges vor. Es sickert in die Tiefe, solange bis es sich an einer wasserundurchlässigen Schicht, wie zum Beispiel am Werfener Schiefer im Hochschwabmassiv, staut und an der Basis des Bergs als Quelle wieder ans Tageslicht tritt.

Eine Nebenwirkung der Verkarstung ist deutlich zu sehen: die zum Teil bizarren Oberflächenformen des Gesteins, Dolinen und Karren. Sie sind Resultat der permanenten Auflösungsarbeit von Regen und Schnee.

Der Karst ist nicht nur für das Wasser Wiens von Bedeutung. Auch Trinkwasser für Slowenien, Kroatien und Italien wird aus karstigem Gebiet gewonnen. Die genannten Länder haben sich auf das gemeinsame Forschungsprogramm KATER (Karst Water Research Program) geeinigt und versucht, unter Einsatz der sich ergänzenden Wissenschaften Meteorologie, Geologie, Hydrologie, Botanik, Wasserwirtschaft und Forstkunde, Antworten auf einen umfangreichen Fragenkatalog zu bekommen.

Wie lassen sich die Einzugsgebiete einzelner Quellen abgrenzen? Wie beeinflussen einander verschiedene Quellen? Welche Wege nimmt das Wasser im Berg und wie lange braucht es, um wieder ausgeschüttet zu werden? Wie lassen sich Schüttungsschwankungen erklären? Welche berechenbaren Folgen haben Niederschläge, Schneeschmelze und Trockenperioden? Welchen Einfluss besitzen Verkarstungsgrad, Strukturen des Gesteins, Vegetation und Bodentypen? Wie wirken sich die verschiedenen Nutzungen – Tourismus, Land- und Forstwirtschaft, Gewerbe, Verkehr – auf die Quellgebiete aus?

Noch sind einige dieser Fragen nicht beantwortet. Leisten wir uns einen Blick von oben auf das grandiose Panorama. Ein paar letzte Geheimnisse mag man diesen wunderbaren, schlafenden Riesen schon gönnen. WASSERWELTEN IM CINEMASCOPE-FORMAT.

Quellschutzgebiet Schneeberg

Quellschutzgebiet Hochschwab

Quellschutzgebiet Hochschwab

Hartlsee, Hochschwabgebiet

Brunnsee, Hochschwabgebiet

Kaiserbrunnen, Höllental

Aquädukt Leobersdorf, I. Wiener Hochquellenwasserleitung

Aquädukt Mödling, I. Wiener Hochquellenwasserleitung

Aquädukt Liesing, I. Wiener Hochquellenwasserleitung

Aquädukt Baden, I. Wiener Hochquellenwasserleitung

Wasserturm Wienerberg

Gloriette, Schlosspark Schönbrunn

Tiergartenbrunnen, Schlosspark Schönbrunn

Beim Fischbassin, Schlosspark Schönbrunn

Obeliskallee, Schlosspark Schönbrunn

Alte Donau, Wien

Quellschutzgebiet Untere Lobau

A DAY IN THE LIFE OF ...

ES GIBT WENIG HARTNÄCKIGE WASSERVERWEIGERER, und wenn ein pointierter Zeitgenosse wie der Schauspieler W.C. Fields sagt, „I don't drink water. Fish fuckin' in it", dann möchten wir ihm doch gern dabei zuschaun, wie er sich mit Jim Beam-Whiskey die Füße wäscht.

Weil Wasser ist überall. Nicht nur in unseren Körpern, Lebensmitteln, Getränken, Kleidern und in unseren Häusern. Selbst in diesem schönen Gedicht Bertolt Brechts:

Mein Leib, die Schenkel und der stille Arm
Wir liegen still im Wasser, ganz geeint
Nur wenn die kühlen Fische durch uns schwimmen
Fühl ich, dass Sonne überm Tempel scheint.

Auch die Mythologie kommt ohne Wasser nicht aus. Im „Popol Vuh", der Guatemala-Indianer lesen wir: „Noch war der Erde Antlitz nicht enthüllt. Nur das sanfte Meer war da und des Himmels weiter Raum. Nichts gab Laut, nichts bewegte, nichts erschütterte, nichts brach des Himmels Schweigen. Nur die ruhenden Wasser, das sanfte Meer, einsam und still. Unbeweglich und stumm war die Finsternis. Aber im Wasser, umflossen von Licht, waren der Schöpfer, der Former, der Sieger und die Erzeuger."

Auch der profane Selbstversuch gibt hinreichend Aufschluss darüber, wie sehr unsere Gegenwart an das Vorhandensein von Wasser gekoppelt ist: Nur ein Tag im Leben einer (meiner) Kleinfamilie, mit stenographiert und nur in Ausnahmefällen kommentiert.

Knapp vor sechs. Gleich wird der Kleine schreien. Draußen dunkler als sonst. Wird wohl gleich regnen.

Zehn nach sechs. Der Kleine ruft, gleichzeitig geht draußen ein Guss herunter, bei dessen Prasseln kein Mensch außer meinem Sohn einen anderen Impuls hat, als sich wieder ins Bett zu legen. Gott sei Dank bin ich nicht dran. Meine Frau steht auf. Wickeln. Dem Kleinen Gesicht, Hände und Hintern waschen. Wasser in den Wasserkocher. Er kriegt Folgemilch, die mit abgekochtem Wasser gemixt werden muss, und einen Brei aus Banane, Kindergrieß Hipp-Fruchtgläschen und Wasser. Sie Tee: frischen Putabong-Darjeeling, darf nicht länger als drei Minuten ziehen. Frühstück. Der Hund geht aufs Klo und säuft. Seinen Wassernapf schaut er seit einem Jahr nicht mehr an, er bevorzugt Fließwasser.

Viertel vor acht. Der Kleine wird wieder müde, er kommt noch für eine halbe Stunde ins Bett. Um halb neun gehe ich mit ihm erholt unter die Dusche, das quittiert er mit explosiven Heiterkeitsattacken. Außerdem will er, wenn er mir dabei zuschaut, unbedingt Zähne putzen. Gern. Ich mache mir einen Kaffee. Wäscheberg im Bad. Eine Maschine wird eingeräumt. Der Geschirrspüler auch schon wieder voll: Calgon in den Schlitz und gemma.

Es hat aufgehört zu regnen. Pfützen auf der Straße. Der Hund wird sich freuen. Er liebt Wasser. Vor der Wohnungstür hängt ein dreckiger Fetzen, mit dem die Pfoten des Hundes notdürftig gereinigt werden, bevor er zurück in die Wohnung darf. Kleiner Spaziergang. Dann in die Arbeit. Erste Sitzung. Keiner nimmt Kaffee, alle Mineralwasser.

Halb eins. Abstecher in die Kantine. Brötchen, Wasser. Plaudern über das Champions-League-Spiel gestern. Scheiß-Spiel. Andererseits: Bei dem Regen...

Abstecher in die Stadt, kurzes Treffen mit Frau und Sohn. Der Kleine hat versucht, selbständig Apfelsaft zu trinken und ist patschnass, wir müssen ein Not-T-Shirt kaufen. Verabreden uns für das Abendessen, ich kriege eine Liste für den Naschmarkt. Auf der Fahrt ins Büro Auto waschen. Schaut schon wieder aus wie ein Traktor.

Zurück im Büro. Eine Kollegin klagt über Rückenschmerzen – verbreitetes Problem, betrifft jeden zweiten Büro-Arbeiter. Arzt hat ihr Massagen verschrieben und aufgetragen, regelmäßig schwimmen zu gehen.

Wieder Sitzung. Jetzt Kaffee: Espresso aus unserer Illy-Maschine. Belebend. Draußen ist es saukalt, endlich hat die Haustechnik reagiert und die Zentralheizung angestellt. Die Heizkörper gurgeln vertraulich.

Halb sechs. Abstecher zum Naschmarkt. Fisch, Gemüse, Essig, hab ich noch was vergessen? In den Radionachrichten schlechte Wetterprognosen. Wenns so weiterregnet, wird es Hochwasser geben.

Zwanzig vor sieben. Zuhause. Es riecht nach Suppe. Der Kleine muss ins Bett, gewickelt, gewaschen, in den Pyjama gesteckt werden. Meine Frau legt ihn hin, ich koche. Wasche den Salat, bereite den Fisch vor, genehmige mir ein Glas vom leichten Wachauer Veltliner. Lege eine CD ein: Tom Waits, Raindogs (ehrlich!).

Halb acht. Längst schläft der Kleine. Essen fertig. Meine Frau zeigt mir, wohin sie dieses Jahr in Urlaub fahren will: das Reiseblatt der „Süddeutschen" schwärmt vom schönsten denkbaren Badeurlaub in Apulien. Warum nicht. Zum Nachtisch Käse, ein Glas Rotwein. „Raindogs" ist ein wunderbares Album.

Halb elf. Nochmal mit dem Hund runter. Es regnet wieder. Mir fällt der schöne Satz von Billy Wilder ein: „Egal wie das Wetter ist, ich sage immer: Raus aus den nassen Klamotten und rein in 'nen trockenen Martini."

Ein Tag im Leben der Wiener Familie Gisela und Gerhard Hubmann.
Eine kleine Bewusstmachung der Tatsache, wie eng das Alltagsleben mit dem Gebrauch von Wasser verbunden ist. Vom Zähneputzen in der Früh bis zum Abend.

Kinder
elmex

Entspannungsreich: das Vollbad.

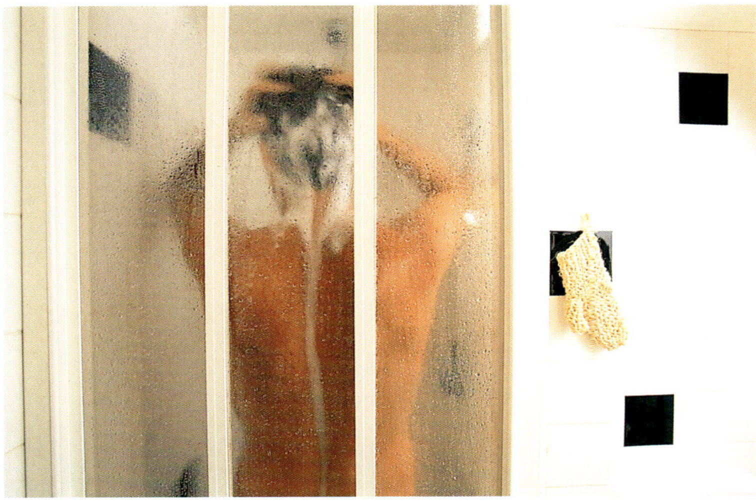

Tägliche Verrichtungen:
Dusche am Morgen, Besuch der Toilette, Bad in der Wanne.

Wasser in der Küche: Ohne Wasser wäre weder das Zubereiten von Speisen, noch die Reinigung des Geschirrs denkbar. Auch das Pfeifen eines Wasserkessels bliebe aus.

Wasser ist das Lebenselixier für sämtliches Leben in der Wohnung: Gisela bringt eine Portion Treibstoff für die Hydrokultur.

ELIDORA
LUFTIKUS 800

*Wasser für die Sauberkeit: Waschküche,
Reinigungsarbeiten an den Fenstern,
dem Boden, dem Glashaus.*

Wasser fürs Wohlbefinden: Alina und Iris albern und plantschen mit ihren Freundinnen im Aufpumpbecken im Sommergarten.

Wasser für den Genuss: Weinreben im Sprühnebel des Gartenschlauchs, Tischszenen im gepflegten Hausgarten. Wohl bekomm's.

Wasser für die Nacht: Das Glas auf dem Nachttisch sorgt für den feinen Abschied vom anstrengenden Tag. Gute Nacht, Alina.

… UND ÜBERALL IST WASSER

STELLEN WIR UNS VOR, ES GÄBE PLÖTZLICH ÜBERALL *KEIN* WASSER.
Wien säße, weiß der Teufel warum, auf dem Trockenen.
Das Eis, das Sie gerade essen wollten, können Sie vergessen. Die Melange, die Sie gerade geordert haben, lassen wir Ihnen noch servieren. Die ist, sagen wir, schon vor Beginn unseres Gedankenspiels aufgebrüht worden. Aber mit dem Glas Leitungswasser, das sonst wie selbstverständlich neben der braunen Kaffeetasse steht, kann der Kellner nicht dienen. Dabei ist gerade dieses Glas Wasser die perfekte Ergänzung für einen perfekten Kaffee. Weich und oft schon eine Spur zu warm rundet es den Kaffeegenuss ab, spült die Bitterstoffe der Bohnen vom Gaumen, und wenn Sie noch ein bisschen sitzenbleiben und den „Standard" durchblättern, kommt der Herr Ober und bringt noch ein Glas, diesmal mit frischem, kühlen Wasser, jetzt aber.

Jetzt nicht.

Sie wollten zum Friseur gehen?
Vergessen Sie's.
Vielleicht verpasst er Ihnen eine Sommerfrisur, aber selbst dann werden Sie ihrer nicht froh sein, weil Ihnen von überall diese kurzen Härchen aufs Gewand rieseln, die nach erfolgter Schur nicht mehr vom Kopf gespült werden konnten.
Waschen? Legen? Färben?
Ausgeschlossen.
Außerdem können Sie augenblicklich den Besuch beim Zahnarzt absagen. Mundhygiene ohne Wasser? Undenkbar. Präzisionswerkzeug ohne Kühlung? Nein. Sie werden, wenn Sie einen merkwürdigen Humor haben, sich im Wartezimmer über die ständige Zahl von Patienten amüsieren, die, im Zehnminutentakt bestellt, eintreffen und sich schrecklich darüber aufregen, dass sie heute nicht mehr drankommen, bloß weil es kein Wasser gibt. Thomas Bernhard fände bestimmt, die Szene hätte Potenzial.
Was nun?
Baden gehen?
Ha!
Auch Sauna fällt aus, und bei Licht betrachtet wird es mit jeder schweißtreibenden Freizeitbeschäftigung schwierig, außer es stört Sie nicht, wenn Sie mit riesigen

Flecken unter den Achseln und dem doch etwas strengen Geruch von nicht mehr ganz frischem Schweiß unter die Leute gehen müssen.
Apropos Müssen müssen. Auch bei den sehr privaten Tätigkeiten könnte es mangels Spülwasser zu Situationen kommen, die man sich nicht weiter vergegenwärtigen möchte. Nicht lustig.
Ausflug in den Zoo, um auf andere Gedanken zu kommen?
Nette Idee. Die Schwäne kommen Ihnen schon beim Schönbrunner Haupteingang entgegengewatschelt, und die Nilpferde stehen mit vorwurfsvollem Blick auf dem Boden ihres Tauchbassins und starren die Besucher an, deren Betrachtung sie sich sonst durch einen Mehrminutentauchgang im brackigen Pool entziehen. Die Eisbären haben sich in ihre Höhlen zurückgezogen und lassen gar nichts von sich sehen, nur den Geiern ist im Augenblick ganz wohl: sie hocken in ihrer Abteilung für Greifvögel, erste Reihe fußfrei, und delektieren sich am Katastrophen-Szenario.
Jetzt auf einen Sprung zum Heurigen?
Keine sauberen Gläser mehr.
Statt dessen sortieren Sie die Möglichkeiten, was Sie heute zum Tee nehmen werden.
Streichen Sie Tee.
Also überlegen Sie sich gleich, was Sie heute zum Nachtmahl kochen werden.
Streichen Sie kochen!
Mit ein bisschen Einfallsreichtum und Improvisationsfähigkeit werden Sie wohl noch etwas Warmes zusammenkriegen, ein Stück Fleisch in Olivenöl gebraten, das Gemüse im Ofen im eigenen Saft weichgedünstet, aber verraten Sie uns jetzt einmal, wie Sie den Salat gewaschen, das Gemüse geputzt, das Besteck sauber gemacht haben? Und wie soll der Geschirrspüler mit dem Abwasch fertig werden, wenn das Spülmittel pur und unverdünnt Teller und Gläser verpickt?
Okay, Sie haben gewaschene Karotten und fix- und fertig geschnittenen Salat daheim (worüber man im übrigen auch ein Wörtchen reden könnte).

Und morgen?

Womit möchten Sie übrigens anschließend noch zum Supermarkt fahren, um ein paar Sixpacks Mineralwasser einzukaufen? Mit dem Auto wird das schwierig, seit der Kühler leer ist, und was den öffentlichen Verkehr betrifft, so müssen Sie sich erst wieder in Erinnerung rufen, wo man überhaupt einen Fahrschein kauft. Und, nur

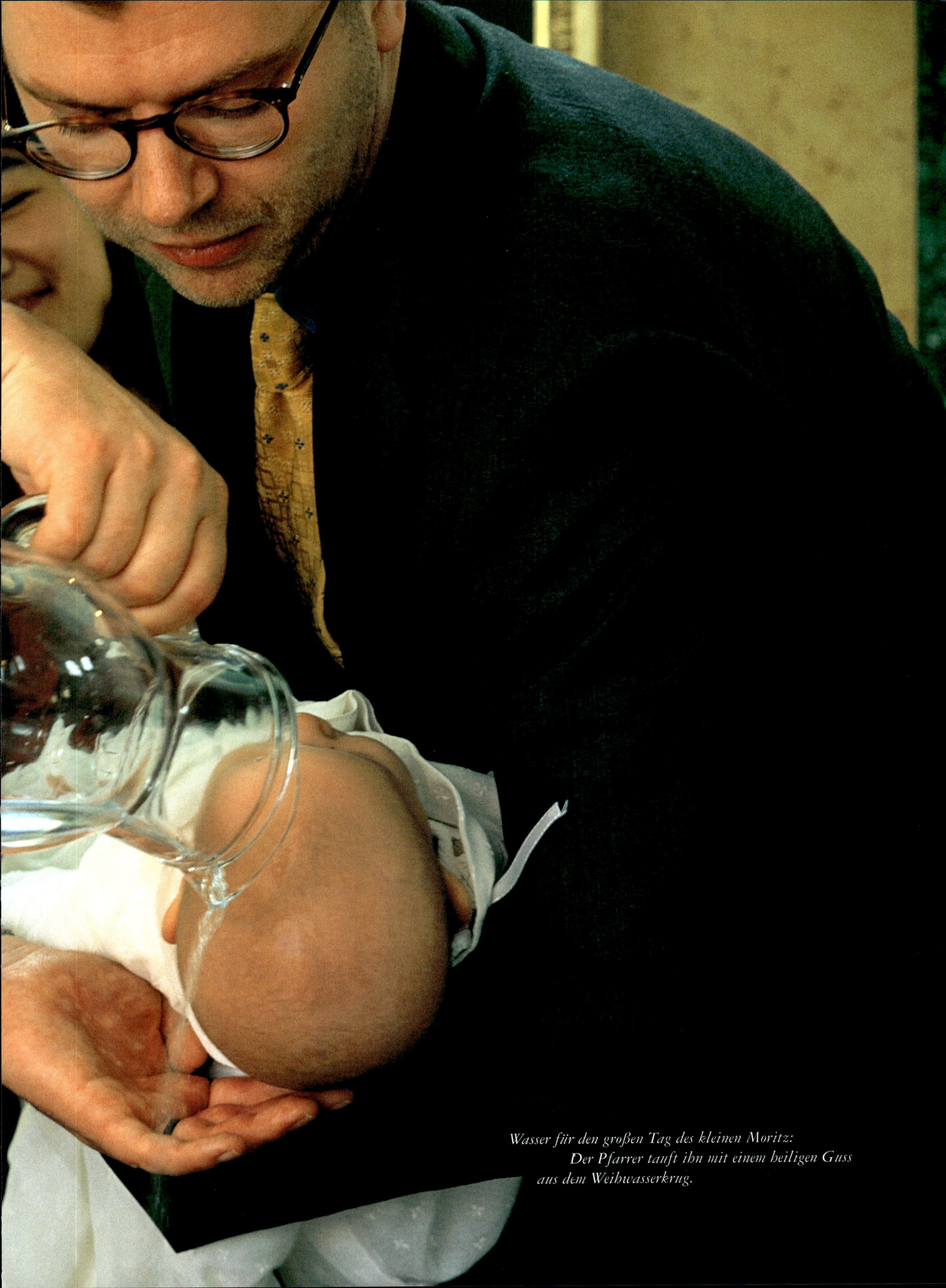

*Wasser für den großen Tag des kleinen Moritz:
Der Pfarrer tauft ihn mit einem heiligen Guss
aus dem Weihwasserkrug.*

ein Tipp: Ziehen Sie sich nach dem anstrengenden Nachmittag doch bitte etwas Frisches an. Haben Sie überhaupt noch genug saubere Wäsche?
Mögen Sie es, wenn ihre Blumen den Kopf hängen lassen?
Macht es Ihnen nichts aus, Ihrem Hund zuzuschauen, wie er unruhig um seine Wasserschüssel streicht, die staubtrocken ist, und sich sogar sehnsüchtig nach der Klomuschel umschaut – aber darüber haben wir ja Stillschweigen vereinbart.

Draußen Wirbel.

Sirenen.

Sie schauen hinunter auf die Straße. Die Fenster sind schmutzig. Sollten dringend wieder einmal ... schon gut. Die Feuerwehr ist angerückt und fährt gerade ihre Teleskopleiter aus. Können wir nur hoffen, dass sie nur ein Kätzchen retten muss, das sich aus der Dachrinne nicht mehr zurück in die Wohnung traut, weil wenn's jetzt wirklich brennen sollte, schaut's übel aus ...

An dieser Stelle öffnen wir alle Schieber und beenden den Exkurs „Kein Wasser". Zu gefährlich.

Statt dessen folgen wir den Klängen von Georg Friedrich Händels „Wassermusik", die im Pavillon des Wiener Stadtparks angestimmt wurde, schauen den Enten zu, wie sie auf der Oberfläche des kleinen Teichs schnittig zur Landung ansetzen und genehmigen uns doch das Eis, das uns am Anfang dieser Geschichte versagt geblieben ist.
Mit Sympathie bemerken wir, dass der Kellner auch zum Eis ein Glas Leitungswasser serviert hat. Wir nehmen es gern, bedanken uns höflich, schnuppern und riechen doch nur das frische Aroma des gefrorenen Erdbeermarks.
Nach dem süßen Eis gekostet, schmeckt das Wasser ein wenig warm.
Aber dafür herrlich nach Nichts.

Das Wiener Wasser fließt. Es gibt genug davon. Es bringt Erfrischung, Natur, Leben.

Ohne Wasser keine Mahlzeit:
Der Lunch in der Brasserie ist noch nicht bestellt. Das Wasser kommt gleich.

KORSO

Wasser für das Essen: Küchenvorbereitungen im Restaurant „Korso", gewaschene Rinderhälften im Schlachthof St. Marx.

Wasser für die Kaffeehauskultur: „Madame Kipferl" blickt aus dem Schaufenster des Demel. Kein Kaffee ohne Wasser. Weder im Hawelka noch im Sperl.

Ohne Wasser kein Eis, ohne Eis kein Sommerspaß: Rieseneistüte als Belohnung für den gelungenen Tag, weil ich so brav war.

Wasser in lichten Höhen: Fensterputzbrigade
an der Fassade des Wiener Millenniumtowers

Wasser auf jedem Boden: Putzarbeiten auf dem Marmor im Prunksaal der Österreichischen Nationalbibliothek.

Wasser für die Gärten der Stadt.
Im Tropenhaus und im Burggarten, vor dem Haus eines Freundes und im Berufsschulgarten der MA 42

Wasser für den Durst:
Tränke für die Pferde der Fiakerfuhrwerke in deren Stallungen in Simmering.

Wasser im Zentrum der Stadt:
Unterwasserarchäologie-Demonstration des Naturhistorischen Museums.
Napf für Golden Retriever Billy auf dem Heldenplatz.

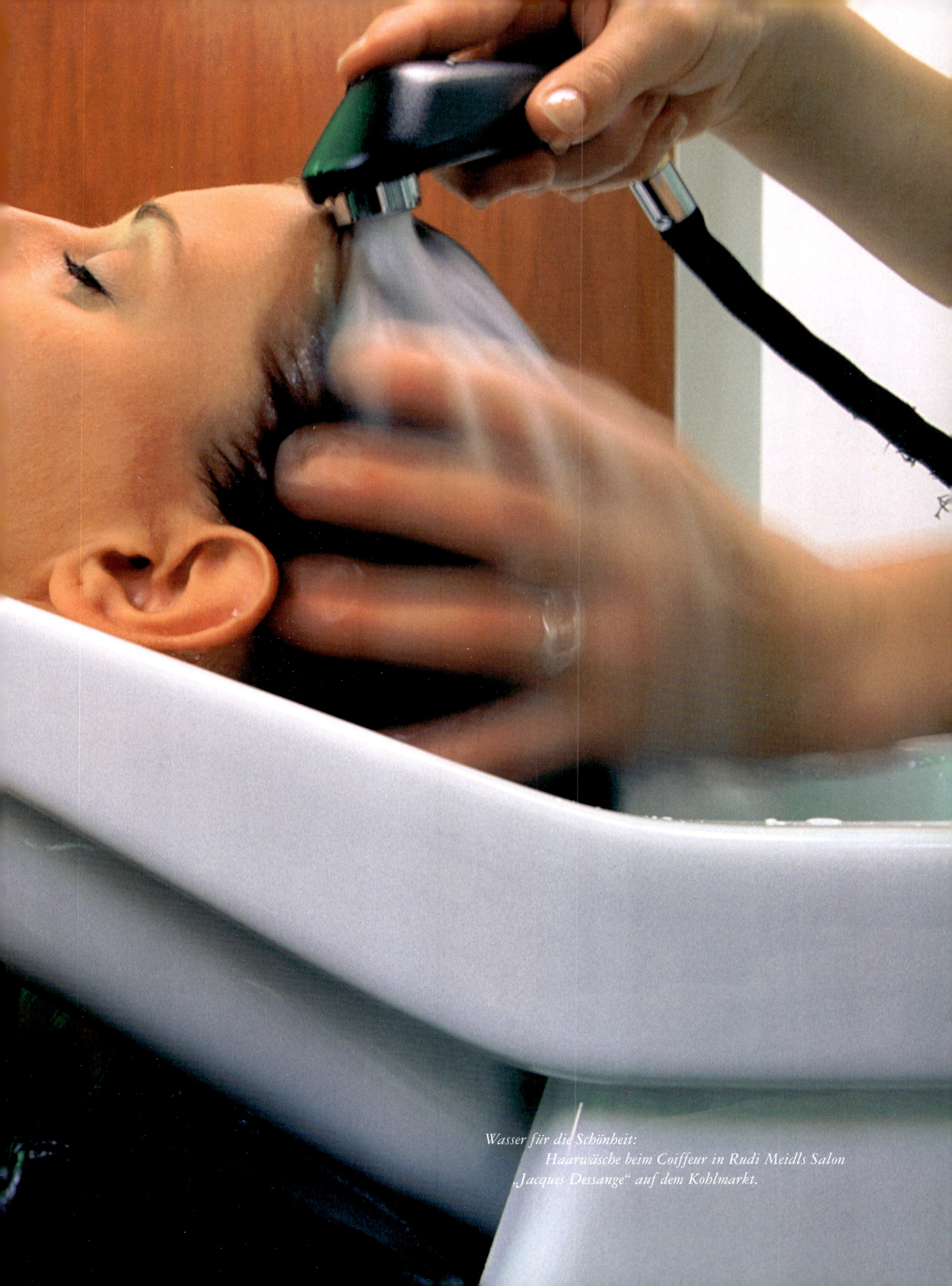

Wasser für die Schönheit:
Haarwäsche beim Coiffeur in Rudi Meidls Salon „Jacques Dessange“ auf dem Kohlmarkt.

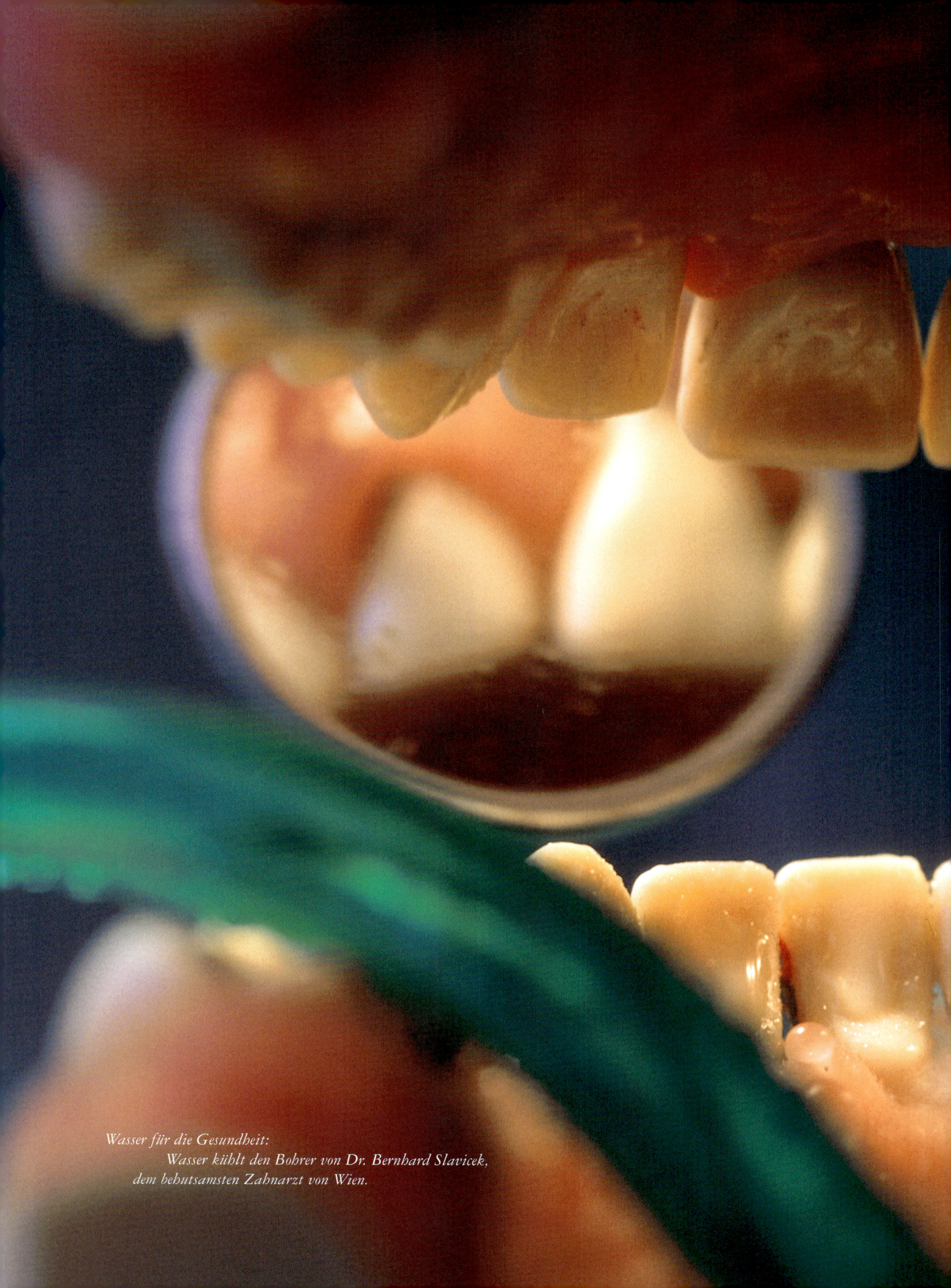

Wasser für die Gesundheit:
Wasser kühlt den Bohrer von Dr. Bernhard Slavicek, dem behutsamsten Zahnarzt von Wien.

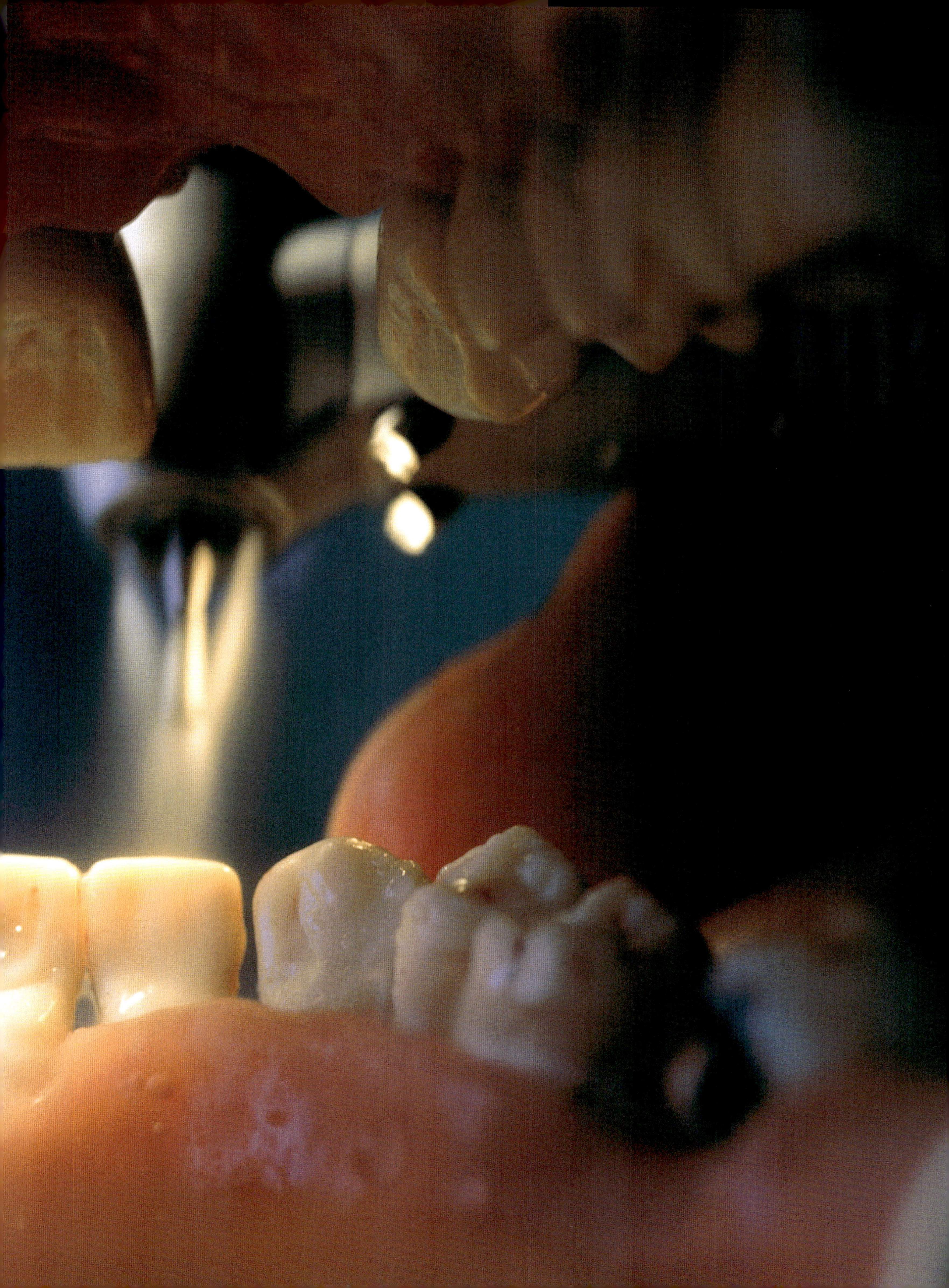

Wasser für die Wissenschaft:
Windkanalversuche am Expresszug „Pendolino“
im Klimawindkanal des Arsenals.

Detail aus dem Windkanal:
Eisstrukturen, wie sie sich bei minus zehn Grad an der Oberfläche eines Zuges bilden.

Wasser für die Sauberkeit:
Blick in die gefüllten Wäschetrommeln der
Großwäscherei Salesianer-Miettex.

Wasser für den angeregten Geist:
Auf Seifenblasen spiegeln sich Farben,
Formen und Gedanken der Kinder.

Wasser für die Sicherheit:

Beim Training mit Hochdruckspritzen in der Hauptfeuerwache Floridsdorf und beim Einsatz beim Brand der Hofburg.

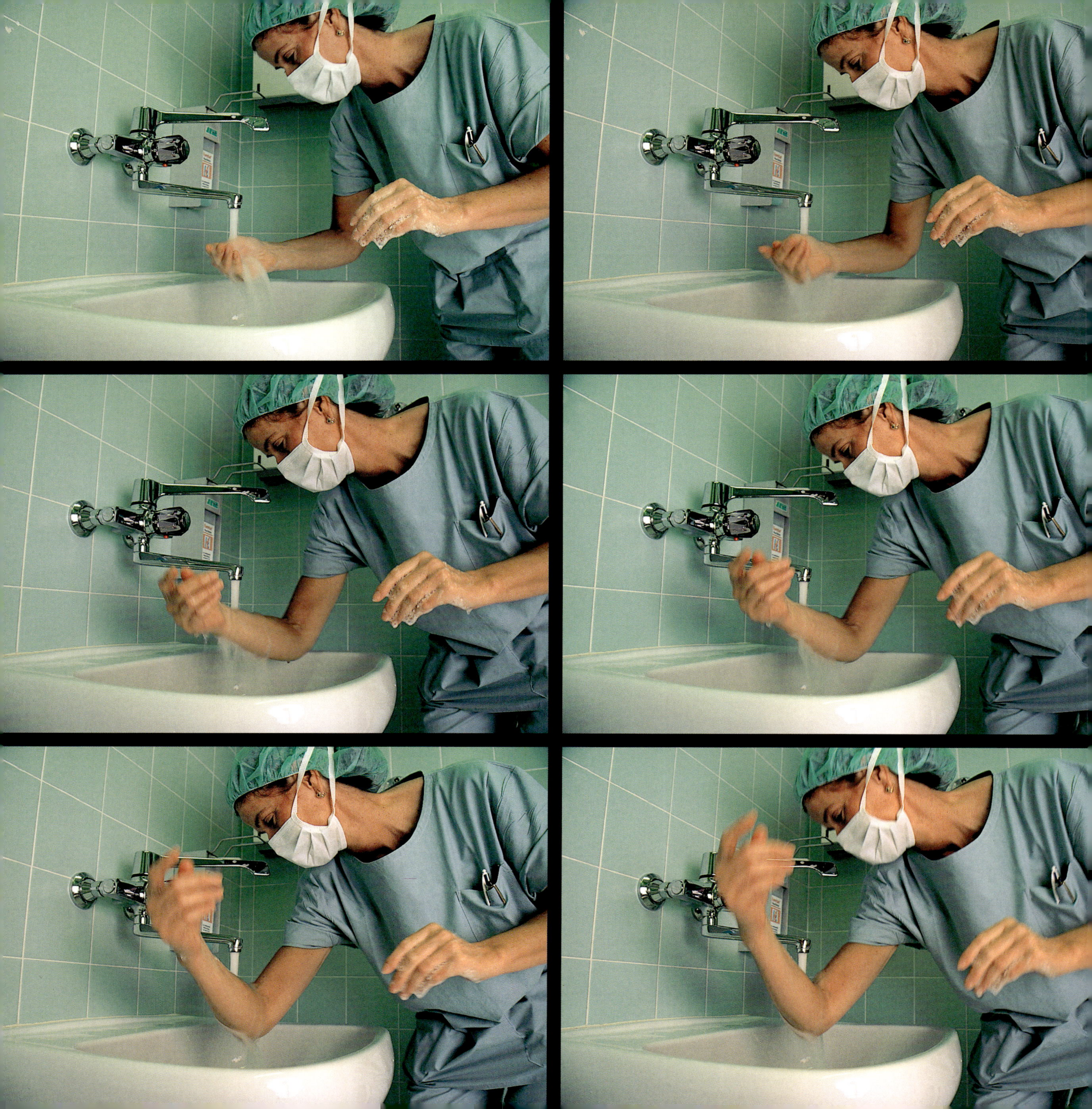

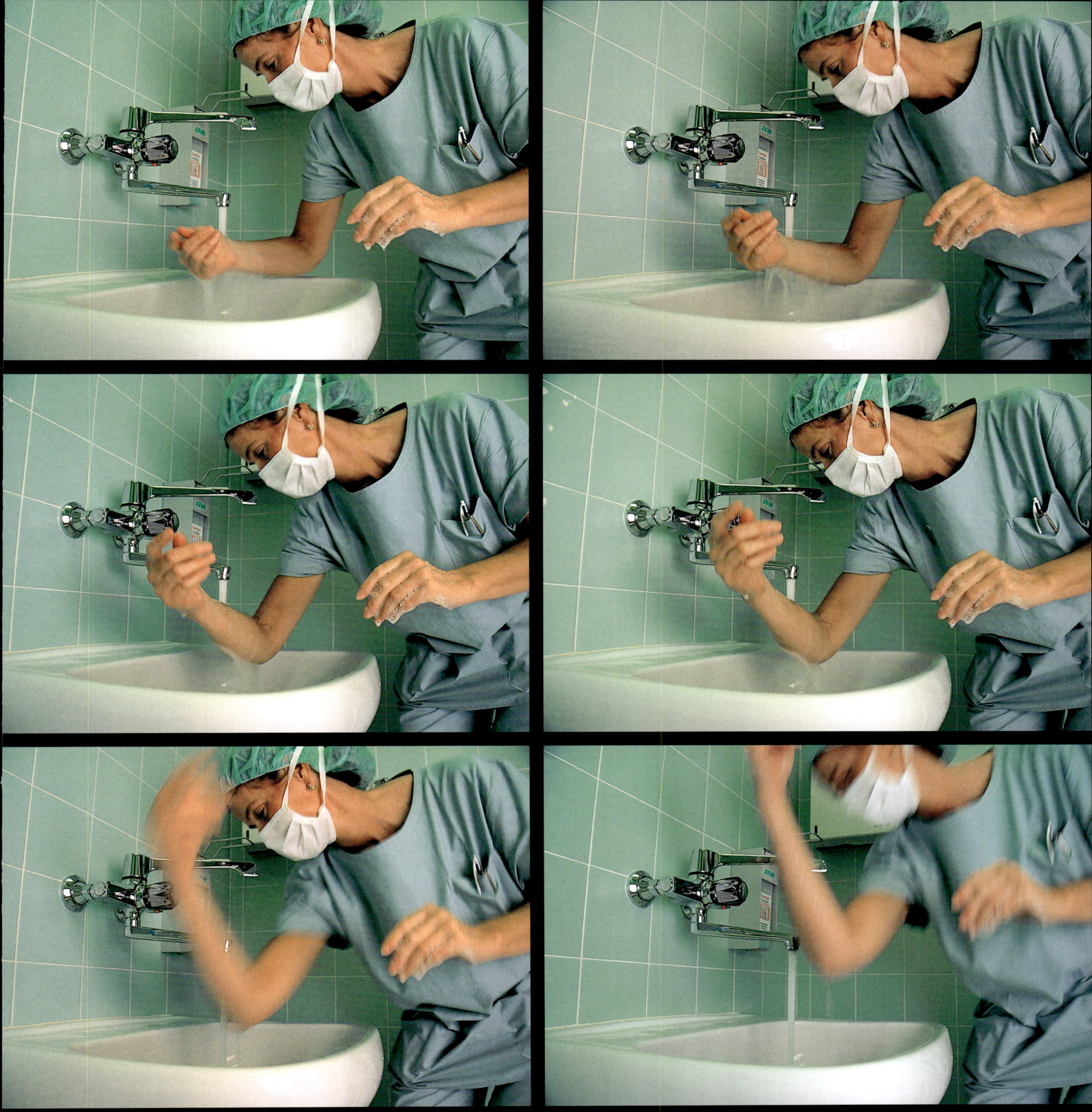

Wasser für die Medizin: Operationsvorbereitung im Krankenhaus Rudolfstiftung.

Wasser für die Hygiene:

Nicht nur Autos waschen sich vollautomatisch.

Bettenwaschanlage im Krankenhaus.

Wasser für neue Bauwerke:
Ohne Wasser kann Beton nicht abbinden
Bauarbeiten an der Staustufe Wien.

5
EPDM
7

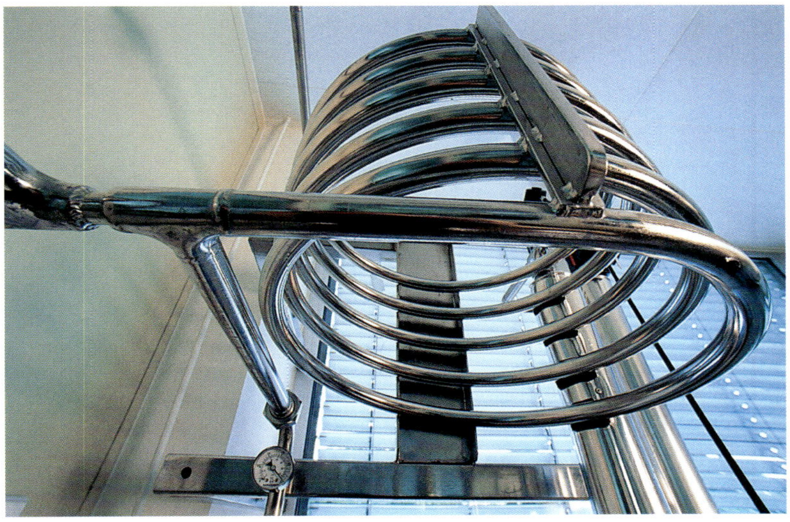

Technologie für extrareines Wasser:
Aufbereitungs- und Verarbeitungsanlagen für pharmazeutische Betriebe, die für die Medikamentenherstellung hochreines Wasser benötigen.

Wasser für die Wärme: Heizungsanlage.
Wasser im Kanal: So ist das Ende.

Wasser für alle Fälle:
Jugendstil-WC unter dem Wiener Graben, wahrscheinlich die berühmteste Bedürfnisanstalt der Welt.

Wasser für saubere Fahrzeuge:
Waschanlage für Personen- und Lastkraftwagen.
Wer drinnen sitzt bleibt trocken.

Wasser für das Wohlbefinden:
Szenen aus dem Wiener Stadionbad, eine der zahlreichen Badeanstalten für die Wiener Bevölkerung.

Wasser für alle: Jeden Sommer werden Diskussionen geführt, welches Schwimmbad das schönste ist. Hier im Vergleich: das Krapfenwaldbad und das Stadionbad.

Wasser für den Spitzensport:
Trainingssprünge des österreichischen Olympioniken Richard Frece vom Dreimeter-Brett.

*Wasser für die Fingerspitzen:
Das Eintauchen. Richard Frece am Ende
seines Sprunges vom Dreimeter-Brett.*

Ästhetik über und unter Wasser:
Perfekte Harmonie in d
Lena Silbermayer und Lisbe

Wasser für die Entspannung:
Sprühnebel in der Dampfbadkabine.

Wasser zum Abkühlen:
Eintauchen ins Saunabecken im Amalienbad.

Wasser zum Staunen im „Haus des Meeres“:
Blick auf Lebewesen, die sonst in verborgenen Welten wohnen.
Hier: Hai und Riesenschildkröte.

NÄCHSTE
FÜTTERUNG
UM

Wasser im Schönbrunner Tiergarten:
Im renovierten Zoo tummeln sich Seehunde, Wasservögel und Elefanten. Nur die Wärter müssen arbeiten.

Wasser zum Bärenspaß:
Wenn die Eisbären miteinander im Wasser spielen, stehen die Zuschauer Schlange.

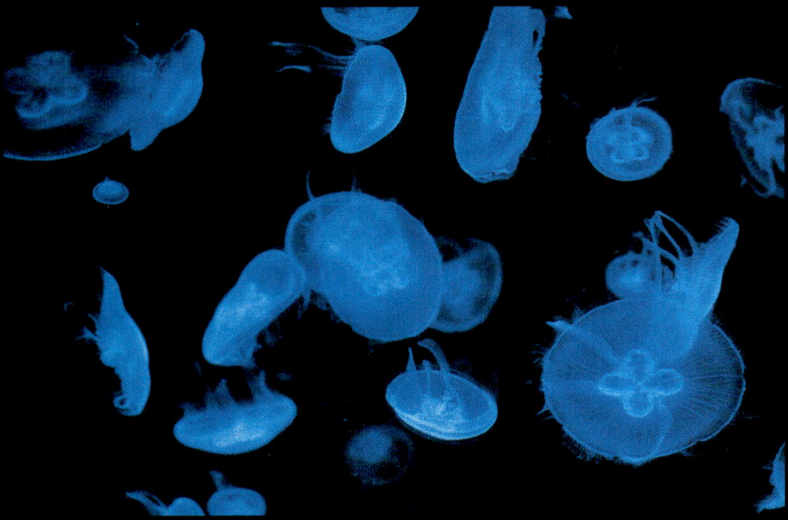

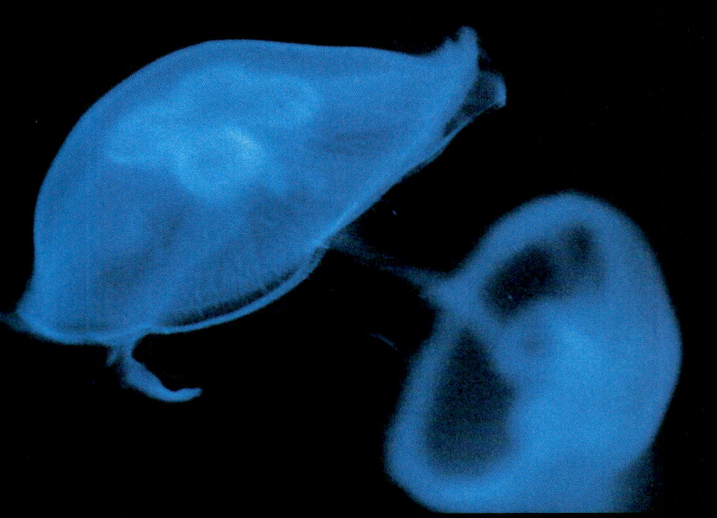

KURIER

Wasser für alle: Jeden Winter zieht der „Eistraum“ vor dem Wiener Rathaus die ganze Stadt in seinen Bann. Er verwöhnt mit Bewegung, Zuckerwatte, Musik und Freude.

NACHWORT

DIE REISE DURCH WIENS WASSERWELTEN IST WEIT, und sie ist noch immer nicht zu Ende. Es war eine Reise in die privatesten Zonen der Stadt, nach Hause, wo jede und jeder mit mehr oder weniger Wasser seinen intimsten Verrichtungen nachgeht, und sie führte weiter, in den Schlund der Stadt, ihren Bauch. Das ist ein Weg, der nicht gut riecht, aber der sich trotzdem lohnt. Kaum ein Anblick ist verwundender als der, der den Dreck einer ganzen Stadt auf einmal zeigt, einen Spiegel der Nachlässigkeit, mit der manche Wiener sich ihres Schmutzes entledigen.

Andere eindrückliche Momente: Der Blick am frühen Morgen auf den Schneeberg. Das Schnuppern am Wasser, das in Kaiserbrunn gerade aus dem Felsspalt getreten ist. Der Aufstieg auf den Wasserturm am Wienerberg. Der Sound des Wassers im Behälter Rosenhügel. Die Kurve des Wasserverbrauchs an einem Samstagabend. Das Anhalten des Atems, wenn die Kläfferquelle wirklich zu fließen beginnt. Alles nur Splitter eines Bewusstseins. Sie müssen ergänzt werden, zum Beispiel durch ein kleines Lexikon der kühnen Gedanken.

Wie war das gewesen vor 150 Jahren?

Wie absurd war die Vorstellung wirklich, die Wasserversorgung einer Großstadt ausschließlich aus einem hundert Kilometer entfernten Quellgebiet bestreiten zu wollen?

Wie ermutigend muss es für den wichtigsten Anwalt dieser Idee gewesen sein, wenn ihn der mächtige Bürgermeister, mit der Idee konfrontiert, nichts anderes fragte, als ob er spinnt?

Das Bewusstsein hat seine historische Dimension. Es hat seine historisch-politische Dimension. Man muss auch den Mut einer Stadtverwaltung in Betracht ziehen, die keineswegs vollständig davon überzeugt ist, dass das Projekt wirklich klappen wird, und es trotzdem wagt, als wäre das kein politisches Risiko.

Das Bewusstsein hat seine technische Dimension. Stoff für ein ganzes Rudel von Ingenieuren, die sich für noch nicht aufgetretene Probleme Lösungen überlegen müssen und vorhandene Lösungen auf neue Probleme abklopfen. Es hat seine hygienischen, medizinischen, wissenschaftlichen Dimensionen, die ihrerseits einem sozialen Phänomen den Weg bereiten, dass nämlich Gesundheit und Hygiene für alle Menschen einer Stadt verfügbar werden, unabhängig von Stand und Einkommen.

Das Wiener Wasser fließt. Es lagert aber auch Sedimente ab, immer wieder neue Sandkörnchen und Steinchen, die sich zu einem Bewusstsein zusammensetzen lassen. Dieses Buch ist eines dieser Steinchen. Es zeigt, aus vielen fantastischen Perspektiven, die Welten, aus denen Wiens Wasser entspringt und jene, denen dieses Wasser Voraussetzung zum Leben ist. Es sind schöne, ästhetische Ansichten, aber sie sparen die Kehrseite der Schönheit nicht aus und rufen die Notwendigkeit, Schönheit und Sauberkeit mit allen nur denkbaren und verfügbaren Mitteln zu bewahren, in Erinnerung.

Übrigens. Mein Hund Barolo kann, wenn es ums Wiener Wasser geht, durchaus mitreden. Er kennt es von äußerer und innerer Anwendung. Er hat zum Wasser sowieso ein libidinöses Verhältnis. Wenn nur ein bisschen Wasser da ist, wird es hastig weggeschlempert. Aber kaum ist das Behältnis groß genug, hockt er schon drin. Man kann sich vorstellen, was für eine Hetz eine Recherche über die Wiener Brunnen ist.
Aus Barolos Perspektive hat sich der Hochstrahlbrunnen am Schwarzenbergplatz am besten bewährt: Niedriger Randstein, flacher Wasserstand, alles genau so, dass sich ein kräftiger Hovawart beim Saufen den Rücken nicht nass machen muss.

„Komm, Barolo", hab ich gerufen.
Aber der Hund hat geantwortet: „Hier bleib ich."

IMPRESSUM

ALS AUTOREN VERSUCHEN WIR IMMER, DIE ÜBERRASCHUNG EINER INHALTLICHEN UND VISUELLEN LÖSUNG ZU FINDEN, DIE JEDWEDER ERWARTUNGSHALTUNG GERADE EINEN KLEINEN SCHRITT VORAUS IST. ETWAS, DAS DIE ESSENZ DER BOTSCHAFT UNSERES THEMAS EINFÄNGT UND IN UNTERHALTENDER UND INFORMIERENDER ÄSTHETIK DEM PUBLIKUM NAHE BRINGT.

Christian Seiler, Lois Lammerhuber, Georg Riha

Die Idee für das vorliegende Buch wurde von Lois Lammerhuber und Georg Riha entwickelt und in ein Konzept gegossen. Lammerhuber und Riha haben auch die Fotos erarbeitet, ausgenommen jenes auf Seite 301, es stammt von Matthias Cremer. Den Text hat Christian Seiler verfasst. Die grafische Gestaltung sowie der Entwurf des Schutzumschlages stammen von Lois Lammerhuber in dessen Händen auch die Herstellung lag. Die Reproduktion der Fotos erfolgte durch Roland Schmidt bei Repromedia Druckgesellschaft, Wien, Druck und Bindung durch Gerald Aufner, Michael Auinger, Andreas Stöger und Peter Ernst bei Grasl Druck & Neue Medien, Bad Vöslau. Die drucktechnische Koordination wurde durch Horst Wiesmüller, Bohmann Druck und Verlag, Wien abgewickelt. Als Papier wurde Mediaprint Seidenmatt 170 g/m² von Europapier gewählt. Gesetzt wurde aus Garamond Three und News Gothik.

Besonderer Dank gilt: Bruno Aigner, Roswitha Bartunek, Gabi Berghofer, Joe Brainin, Attila Corbaci, Werner Dietl, Josef Donner, Richard Frece, Reinhard Gerer, Moritz Haiden und seine Eltern, Gabriel Haller, Leopold Hawelka, Hans Holzer, Thomas Huber, Familie Hubmann, Heinz Keller, Walter Kling, Werner Kling, Sebastian Kneip, Rita Kommentisch, Silvia Lammerhuber, Bernd Lötsch, Lisbeth Mahn, Rudi Meidl, Joachim Mittelstedt, Johann Paul, Helmut Pechlaner, Klaus Pollans, Anja Richter, Pfarrer Hans Ring, Astrid Rompolt, Hans Sailer, Lena Silbermayr, Bernhard Slavicek, Josef Stanglauer, Margarete Straßnig, Gabriele Teissl, Katherine Wagner, Christian Wukonigg, Öztürk Yunus, Gerhard Zsambok. Weiters bedanken sich die Autoren bei folgenden Unternehmen und Instituionen: AKH, Aral, Arsenal Research Center, Baxter, Boehringer Ingelheim Austria, Demel, EBS, Hauptfeuerwache Floridsdorf, Haus des Meeres, Berufschulgarten Kagran, Millenniumstower, Österreichische Nationalbibliothek, PORR, Krankenhaus Rudolfstiftung, RZB, Salesianer-Miettex, Tiergarten Schönbrunn, Schloss Schönbrunn, Spanische Hofreitschule, Sperl, Schlachthof St. Marx, Wiener Bäder.

Bohmann Druck- und Verlag Gesellschaft m.b.H. & Co KG. 1110 Wien, Leberstraße 122

WIENER WASSER
Mit Fotografien von Lois Lammerhuber und Georg Riha, sowie einem Text von Christian Seiler.
ISBN 3-901983-14-7

Wiener
Wasserwerke